歌丸ばなし

桂歌丸

ポプラ社

utamaru
banashi

歌丸ばなし

まえがき――枕代わりのご挨拶

どうぞ一席お付き合いをお願い申し上げます。

あたくしたち噺家《はなしか》というものは、高座に上がりまして、落語を一席お喋りいたします前に、必ず枕《まくら》というものを振ります。普通の寄席でございますと、ネタ（演目）が出ておりません。ほとんどの噺家が高座に出てから、お客様がたの顔をみて、今日はこういう噺をしようというのを決める訳でございます。

こういう噺は向くかしら、あるいはああいう噺が今日のお客様には向くかしら、つまり、お客様の勘が鋭いか鈍いかを見極める訳でございます。

どこで見極めるかといいますと、勘の鋭いお客様というのは、今日のお客様のように、落語を聞いて会場ですぐにお笑いになる。これはもう、勘の鋭い証拠です。勘の鈍いお客様になりますと、会場で笑わないで家に帰ってからゆっくりお笑いになる。まるで反応がわかりません。

この本は、ここ数年の高座を、枕も含めて収めたものです。皆様にご心配をおかけしておりますように、あたくしもしばらく入退院を繰り返しておりまして、そんな一進一退の病状、失礼、近況が一部枕になっております。

最近は息切れもひどくなって参りまして、ここでは、短いお噺、しかしあたくしの大好きな演目をご紹介させて頂きました。勘の鋭い読者の皆様もそれなりにお年を召していらっしゃると思います。咳き込み、いや、噴き出しながら楽しんで頂ければ誠に幸いでございます。

utamaru
banashi

歌丸ばなし目次

イラストレーション　長場雄
ブックデザイン　鈴木成一デザイン室

井戸の茶碗

お暑い中、ようこそおいでを頂きました。厚く御礼を申し上げます。

今年の暑さは異常ですね、これは。みんな政治が悪いんだと思っております。

前のほうのお客様は、あたくしの鼻の周りがきらきら光ってるんで、歌丸水っ洟《ばな》を垂らしてんじゃないかとお思いの方がいらっしゃるかわかりませんが、実は酸素吸入の管が入っておりまして。ご存じのお客様もいらっしゃると思いますが、今年の正月の二日から六月の十四日まで入退院を繰り返しておりまして、誤嚥《ごえん》性の肺炎という診断を受けました。ハイエンな騒ぎになって……、あんまりうまい洒落《しゃれ》じゃあないですね。これはあたくしの言う洒落じゃないです。黄色いラーメン屋が言う洒落です。

肺炎のほうはまあどうにか落ち着いたんでございますが、呼吸器のほうが元へ戻りませんで。これをつけてませんと喋ることができなくなってしまいまして、まあ大変にお見苦しい姿をご覧に入れて申し訳ありませんが、どうぞ世間には内緒にしといて頂きたいと思っております。

声は大きな声が出るんですよねえ。もっともこれで声が出なかったらミイラと同じようなもんですからね。

まあどうぞ一席お付き合いの程お願いを申し上げますが、しかし、ご経験者もいらっしゃると思いますが、病院ってのは退屈なとこですねえ。良くなればなるほど退屈ですね。だってなーんにもないんですから。パチンコ屋もなければ、映画館もない。周りにいるのは病人ばかり。ベッドで寝ながら随分いろんなことを考えたり、思い出したりしました。

思い出したと言えば、あんまり最近のことは思い出しませんでしたね。もう古いことを随分思い出しまして、まあ自分が噺家になった当時のこと、あるいはその前のことですとか。ご案内のお客様もいらっしゃると思いますが、あたくしは生まれも育ちも真金町《まがねちょう》でございますんで、まあ昔の真金町と言いますと、……いいとこでした。

今は面白くもなんともないとこですけれどもね、昔の遊郭でございますから。色街でございましたんで。ですからそれに伴って真金町へ来る商売なんというのも随分いろいろ変わった商売の人が出入りをしておりまして。

羅宇屋《らうや》さんなんというのがよく来てましてね、羅宇屋さん。あのキセルのすげ替えをする訳で、ピーポーなんというのを鳴らして羅宇屋さんが来たり。あるいは定斎屋《じょさいや》さんなんというのも参りました。背中に大きな箱みたいのをしょいまして、あの箪笥のカンのようなものがついて、歩くとカタカタカタカタカタ音がする、定斎屋。まあわかりやすく言えば、漢方薬を売って歩いたんじゃないかと思いますがね。孫太郎虫《まごたろうむし》の丸焼きなんというのを持っておりました。孫太郎虫の丸焼き。これも平たく言えばゲンゴロウさんの丸焼きでございますから。何にこれ使うんだろうと思ったら、寝小便の薬なんだそうですね。それで随分こう持って歩いたんだそうですが。

夜になりますと、新内《しんない》流しなんというのが参りまして。これは随分色気がございますよね。たいがい男性と女性で一組になりまして、女のほうが三味線を弾いて男性が歌うという。『蘭蝶《らんちょう》』なんていう、「縁でこそあれ」なんというね。子供心に聞いて覚えて、家で歌って祖母に怒られた覚えがございますがね。

あたくしがただひとつ自慢だったのが、小学校の頃に、一クラス五十人ぐらいいる人数の中で、観世縒《かんぜよ》りの縒れたのがあたくしだけなんですね。で、他の者は全部できない。なぜそんなことをやったのかと思いましたらば、戦後すぐですから教科書もなんにもないんですね。工作の時間なんて言ったって、工作の道具がなんにもありませんから。先生が和紙を出して、これで観世縒りを拵《こしら》えろって言ってね。先生も今振り返ってみますと大してうまくなかったですね。これは祖母に教わったんですが、観世縒りを縒って、こう上向けたらパッとまっすぐに立たなきゃいけないって言うんです。で、あたくしだけがそれを縒った。で、うちへ帰って祖母に今日観世縒りを縒って先生に褒《ほ》められたよって言ったら、そんなこと自慢しちゃいけないって言われまして。女郎屋の倅《せがれ》だってのがすぐにわかってしまうから、内緒にしとけって言われましたけれども。

洗い張り屋さんがあったり、あるいは、お針子さんがあったり、随分いろいろな商売というのがありました。中で、屑屋さんなんという商売。これはもう、色街だけではございません。一般の路地にも屑屋さんが流して歩いておりましたが、「くず――い」と言って、町々路地路地を流して歩いて。名前の通り本当に屑だけを買って歩く商売ですが、小さな品物も持っているんですね。

これはあたくしも覚えていますけれども、祖母が何か針仕事をしていたんです、そしたら何かこう一生懸命探してる。そこに屑屋さんが通りがかったら屑屋さん呼んで、「ハサミ持ってない?」「あります」。小さな裁ちばさみっていうんですか、あれを買って使ってた覚えがあります。たぶん考えてみると、屑屋さんもどこかから安い値段で買ってきて、祖母にそれを何倍かで売ったんだと思いますけれども、まあ重宝した場合もございますがね。

屑屋さん、スタイルというのが大体決まっておりました。竹で編んだ屑籠なんというまあるい大きな籠を背中にしょいまして、棒秤《ぼうばかり》という長いはかりを手に持つかあるいはこの屑籠の中に入れまして、ほとんどの屑屋さんが手拭いでほっかむりをいたしまして、今も申します通り「くず――――い」と路地や街を流して歩いてた。

でもだいぶ前にある屑屋さんに伺いましたらば、屑を出すほうの屑屋さんの呼び方で、ここのうちは屑しか出さないか、あるいは何か品物を売るかということがわかったそうですね。これは、大したもんです。「くずーい」と流していて、「屑屋！」と大きな声を出す家《うち》はろくなものは出さなかったそうです。そらそうでしょう。だって世間を憚《はばか》らないで呼ぶんですから、これはもう屑しか出さない。で、逆にですね、小さな声で「屑屋さん」と呼ぶような家は世間を憚ってる。これは屑を出す訳じゃない。何か急に御足《おあし》の入用のことができて、品物を売りたい、それがために近所隣りを憚って小さな声で、「屑屋さん」。で、屑屋さんのほうでも慣れておりますんで、こういう時は、「お払い物でございますか？」小さな声で答えるのが、まあ商売のコツだったそうですね。

ある屑屋さんが「くず――――い」と長屋の路地を歩いておりますと、「屑屋さーん」小さな声で呼ばれたんです。しめたと思って、辺りを見回しましたが、人影が見えません。

「屑屋さーん」

声は聞こえる。声はすれども姿が見えず。

「お呼びになったのはどこですか。屑屋をお呼びになったのはどちらですか」

「ここですよ、ここ!」

「どこ?」

「ここ。便所の窓」

「何か御用ですか?」

「紙があったら一枚くだはいな」って。

まあたまには、こういう間抜けな話もあったようでございますが。

江戸時代でございます。麻布《あざぶ》の茗荷谷《みょうがだに》に屑屋さんで清兵衛《せいべえ》さんという人。

この人は仲間から、正直清兵衛とあだ名がついているくらい正直な人。もう曲がったことが大嫌いという人でございまして。曲がったことが嫌いなくらいですから、煙草《たばこ》は飲まない。……いえ、なんで曲がったことが嫌いで煙草を飲まないかと言いますと、先程も申しました通り、昔は刻み煙草、キセルというものを使用いたしました。とこう、キセルの雁首《がんくび》が曲がってるってんですね。だから嫌だっていうんです。いっぺん清兵衛さんこの雁首をまっすぐにして煙草を飲んだ所、火の玉でのどちんこ火傷《やけど》して。それっきり煙草は飲まなくなっちゃった。

朝早くから弁当を持って一生懸命、日一杯稼ぐ、働くという正直清兵衛さん。ある日のこと、清正公《せいしょうこう》様の脇をずーっと流して参りますと、

「あの、屑屋さん」

呼ばれたもんですからひょっとふり返ってみると、歳の頃は十七、八。着ているものはと言いますとたいそう粗末なものですが、顔立ちはごく上品な顔をした一人の娘さんでございまして。

「お呼びでございますか?」

「恐れ入りますけれども、ちょっとこちらに来て頂きたい」

後をついて参りますと、裏長屋。

「お父様、屑屋さんをお連れいたしましたが」

「おお、おお。屑屋さんか、わざわざ呼び込んで済まなかった。実はな、屑がたいそう溜まったので、持っていってもらいたいと思うての」

「こりゃあどうもありがとう存じます。お宅様は初めてでございますが、手前この辺りをちょいちょい流して歩いておりますんで、今度屑が溜まりましたらとっといて頂きますと、他の屑屋よりも値《あたい》よく頂戴をさせて頂きますが」

「それはありがたいな。ならばこれからはそうしましょう。どのくらいになりました?」

「今かけてみました所、六文でございますが、今日は初めてでございますんで、これを七文で頂戴をさせて頂きますんで」

「これはますますありがたい。深く礼を言います。それから屑屋さん、済まないがな、この仏像を買《こ》うてもらいたい」

「はあー。仏像。実は手前はこういうものは頂かないことになっておりまして。と申しますのが、目が利《き》きませんので、高いものを安く頂いてしまってはそちらに失礼ですし、また逆に安いものを高く買ってしまって、こっちが損をするというのも面白くない話で。手前はこういったものは頂かないことになっておりますが」

「いやいや、これはな、さほど由緒のあるものではないと言って、わが家に古ーくから伝わっているもの。二百文なら決して高うはないと思うで、是非これを買うてもらいたいが」

「今も申します通り、目が利きませんので、手前は屑っきゃ頂かないんでございますが」

「そこをたって買ってもらいたい、というのは、見られる通り、わしは浪人だ。名を千代田卜斎《ちよだぼくさい》と申して、昼は子供を集めて素読《そどく》の指南。夜になると通りへ出て売卜《ばいぼく》なぞをいたして、その日の暮らしを立てておる。ところがこの所の長雨でそれもできず、またその雨に当たったために体の具合を悪くして、医者よ薬よと何かと金の要《い》ることがあるで、屑屋さんこの通りだ。これをどうか二百で買うてもらいたい」

「お手をお上げくださいまし。はあー。御浪人なすったってお侍様じゃございませんか。屑屋風情《ふぜい》にお手なんぞおつきになっちゃいけません。話はわかりましたんで、じゃあこうしましょう。手前これを二百で預かって参ります。で、脇へ持ってって、まあそれ以上に高く売れた時には、その高く売れた半分をこちらにお届けにあがるという」

「いやいや、さような気は遣ってくれなくともいい。ただ二百で買うてくれさえすればそれでよいのだから」

「それじゃああっしの気持ちが済みませんので」

そういうお約束でと言うので、屑の七文と仏像の二百をそこへおいて、これをこの屑籠の中に入れまして、「くず———い」と、細川様のお屋敷のお窓下を通りますと、

「これこれ、屑屋。屑屋」

「ああっ、どうも、お払い物でございますか？」

「いやそうではない。その籠の中に何やら仏像のようなものが入っておるが、なんだそれは？」

「仰《おつしや》る通り、仏像でございますが」

「なんでできておるのだ？」

「なんでできてますのか、たいそう重いんですよ」

「重いと言うと、木ではないな。陶器の類か？　あるいは銅か？」

「さあ、どうですか？」

「何を申しておる。いや、拙者な、上の者からお前は粗野でいかん。朝晩神仏に手を合わせれば、少しは心が落ち着くであろうと言われているが、訳のわからんものに手を合わせるというのは、気にくわん。その仏像を手に取ってみたいと思うが。いやいや、御門を回ってくるとたいそう手間暇かかるから、今ざるをおろすから、それに入れるように」

家の高ーい窓から紐のついたざるを下へ。これは屋敷の若侍が表を通ります商人の物を買う時、特に夜、夜鳴き蕎麦なんぞを求める時に使った手だそうでございますが。

「そのざるの中に入れるように」

「入れましたんでどうぞ、お上げください」

「おお、おお。たいそう古いものと見えて煤《すす》けておるな。しかし良いお顔をしている。福々《ふくぶく》しいお顔をしている。しかしたいそう古いものと見えて、随分な煤……。何やらコトコト音がいたすな。腹ごもりだな」

腹ごもりというのは仏像の中にもう一体、小さな仏像が入っているという、昔は随分縁起のいいものとして珍重されたものだそうですが。

「これは良いものが手に入った。屑屋、気に入ったで求めてつかわすが、値はいかほどだ」

「それ二百で預かってきましたんで、その上でしたらばいくらでも」

「欲のないやつだな。拙者も高値で求めてやりたいが、実は今あまり金がない。三百ではどうだ？」

「結構ですよ。百儲かりますから。半分の五十向こうへ届けることができますから。結構です」

「ならばざるの中に金を入れるから、受け取るように」

「ありがとう存じます」

「これは良いものが手に入った。……良助、良助はおらぬか」

「お呼びでございますか」

「実はな、今窓下を通った屑屋から仏像を一体手に入れた。しかしたいそう古いものと見えて煤けておる。金盥《かなだらい》を塩で清めてぬるま湯を入れて持ってくるように」

持ってきたぬるま湯の中にこの仏像をつけまして、あっちを磨きこっちを磨きして、これを湯からあげて、真新しいサラシで拭いておりますと、台座の紙がぽろっとはがれて中からコロコロッと何か転がり出ましたんで、

「ん？　これは……腹ごもりではないな。何か出て参ったが何が出……、たいそう重いものが出て参った。何が出て……、小判が出て参った。良助、良助！」

「いかがなさいました？」

「仏像の中から小判が出て参った」

「ほおー。たいそうございますが、いかほどございます？」

「まだ数えてはおらぬが、三十両の上はあると言える。お前数えてみろ。い

かほどあった？」

「旦那様。五十両ございます」

「なにぃ―？　五十両！」

「いい買い物をなさいましたな。三百で五十両という」

「馬鹿なことを申せ。拙者、仏像を買った覚えはあるが、中の小判を買った覚えはない。いやあこのようなものを手放すという方は、さほど裕福な方とは思えん。出てきたこの金だけでも元の持ち主に戻してやりたいが、どこの誰だかわからぬし、またこれを売った屑屋の名前も所もわからん。これは困ったことになった。いかがいたしたらよかろうか」

「旦那様。屑屋なんというのは他の商人《あきんど》と同じように、得意先は決まっておりますんで、またこのお窓下を通ると思いますが」

「ん、ならば明日から屑屋の面体《めんてい》を改めるぞ」

なんて、あくる日になりまして窓下を、

「くず――――い」

「これこれ、屑屋。屑屋」

「ありがとう存じます。お払い物でございますか？」

「そうではない。被り物をとって顔をこっちに見せい。被り物をとって顔を……、それが顔か？　珍しい顔をしておるな」

「先祖代々この顔なんでございますが」

「お前の先祖は小遊三《こゆうざ》か？　その顔で表を歩くのか。度胸のあるやつだなあ。お前ではない。向こうへ行け」

「なんだいありゃどうも」

「くず――い」

「これこれ屑屋、被り物をとって顔をこっち。長い顔だな。よくその顔を包む手拭いがあったな。十本繋げたのか？　お前ではない、向こうへ行け」

「なんだい」

通る屑屋さん屑屋さん、みんな顔をあらためられます。清正公様の境内に掛茶屋《かけちゃや》が一軒ございまして、毎日昼時分になりますと、屑屋さんですとかあるいは古金屋《ふるがねや》さんが集まって、弁当をつかって、その後しばらくお茶を飲みながら世間話をするという毎日でございます。

「どうしたい」

「細川様のお屋敷のお窓下、通ったかい？」

「通った」

「やられたかい？」

「やられた。それが顔かって言いやがる。先祖代々この顔だったらお前の先祖は小遊三かって。あんな銀杏《ぎんなん》拾いみてえな顔じゃねえやなあ。そっちもやられたかい？」

「やられた。なげえ顔だなって言いやがる。よくその顔をつつむ手拭いがあったな、十本繋げたのかって冗談じゃねえや。聞くってえと、通る屑屋通る屑屋みーんな顔をあらためられる。どういう訳だろうねえ。侍なんてのは金がねえ時にはつまらねえ遊びを覚えるんじゃねえかなあ」

「もしもし」

「なんだい清兵衛さん」

「そのお窓というのは、御門から四、五軒こっちにきたとこじゃありませんか？」

「おう、そうだよ」

「ことによるとそれは、あたしのことかもわかりませんよ」

「清兵衛さんのことかい？」

「実は十日ばかり前でしたが、あそこのお若いお侍様に仏像を一体お売りした覚えがある」

「仏像を？　お前さんが？　古いもんかい？」

「たいそう古くて煤けてましたな」

「それだ、それだよ。古くて煤けてるってんで湯につけて磨いていたら、首がぽろっと落ちたんだよ。おのれ首が落ちるような仏像を売りつけおって。あの屑屋の首をはねてくれようってんで、手ぐすねひいて待ってんだよ。お前さん普段から屑っきゃ売らねえじゃねえか。なんだって、んなもの売っちゃったんだい」

「訳ありでしてね、二百で仕入れて三百ですぐ売れちゃったの」

「知らなかったのかい？」

「風邪ひいて五日ばかり寝込んじまったもんですから」

「じゃまだあのお窓下通ってないんだね」

「通ってません」

「通らないほうがいい。通るとやられるからね」

「でもあたしはあそこを通らないと、得意先へ行けない」

「しょうがねえな、どうも。じゃあ通るんだったら黙って通ったほうがいい。

くず――いって声が聞こえると、ぴゃって窓のとこへ飛んでくるから。黙ってお通り」

「じゃ、そうしましょう」

支度をして歩きはじめまして。商売の慣れってのは不思議なもんで、ひとりでに「くずー――い」

「これこれ、屑屋」

「しまった！　きーんぎょーえー、金魚――」

「なんだあの屑屋は。良助、捕まえて参れ。そこへ座らせろ。被り物をとっ……。おお！　先日拙者に仏像を売ったのはその方だな」

「…………」

「実はあの仏像、古くてたいそう煤けておったので、湯につけて磨いておった。すると台座の紙がはがれて、中から小判で五十両出て参った」

「……あの、首が落ちたんじゃないんすか」

「そうではない。お前の前だが、仏像などというものを手放す方はさほど裕福な方とは思えぬが」

「仰る通りでございます、実はあれをお売りになりました方は御浪人さまでございまして、名を千代田卜斎様と仰って、なんでも昼間は子供を集めて素うどんの指南をしているんだそうで、で、夜になりますと通りへ出て、梅毒を患《わずら》っているんだそうですが」

「何を申しておる。それはお前の聞き違いでは。子供を集めて素読の指南、つまり読み書きを教えている。夜になると売卜、つまり易者をやっていると、こう言うのであろう」

「……そう言われています。そういうような出で立ちでございました」

「拙者はな、仏像を買った覚えはあるが、中の小判を買った覚えはない。お前が中に入っている人間だ。お前の手から、千代田殿と申すか、その方にこれを戻してやってもらいたい」

「恐れ入りました。失礼でございますが、旦那様は正直なお方でいらっしゃいます。いや、手前も曲がったことは嫌いな人間でございますが、恐れ入りました。じゃあ、手前お預かりをして、千代田先生に必ず戻して参りますんで、恐れ入りますが旦那様の、お名前を」

「いやいや、名前なぞはどうでもいい」

「いやそうはいきませんで。話のきっかけがつきません。お名前を」

「ならばな、尋ねられた折には、細川の家来で高木佐久左衛門《さくざえもん》。それだけ申せばよいのだから。余計なことを申すな」

「すぐに戻って参りますんで、商売道具ここへ置いといて頂きたい。行って参りますんで」


「ちわー、ごめんください」

「おお、おお、屑屋さんか。先日は済まなかったな。まだ屑は溜まっておらぬが」

「そうではございませんで、今日は他の用で」

「ならばこちらへお入りください。風が入りますから後を閉めてください。どのような？」

「実は、あの、先日お預かりいたしました、あの仏像でございますが、あれからすぐに三百で売れまして、百儲かりましたんで、半分の五十文を本日はお届けに上がりました。もっと早くに伺わなければいけなかったんですが、寝込んでしまいまして遅くなって申し訳がございません。どうぞお納めの程を」

「いやいや、さような気は遣ってくれなくてもよい。これは屑屋さんの儲けだ。そっちへとっといてもらいたい」

「いや、そうはいきません。お約束でございますんで。で、実はあの仏像をお買いになった方が、細川様のご家来で高木佐久左衛門様と仰るお若いお侍様でございます。で、仏像がたいそう古くて煤けているんで、湯につけて磨いていた所、台座の紙がはがれて中から小判で五十両出てきたそうでございます。高木の旦那が仰るのは、仏像を買った覚えはあるが、中の小判を買った覚えはない、出てきたこの五十両は千代田先生のものだから戻してこい、とお預かりをして参りましたんで、どうぞお受け取りの程を」

「……屑屋さん、わしはこの金は受け取れんな」

「なぜでございます？」

「あの仏像は売った。いったん売ったものの中から何が出てこようがそれは買うた人のものだ。わしのものではない。これはその高木という方に戻してもらいたいが」

「いや高木の旦那が仰るのは、仏像を買った覚えはあるが、中の小判を買った覚えはない」

「それは、我が先祖が何かの折にとあの中に金を入れておいてくれたもの。

そのような大事なものを手放すという不届き者の所には、金は授からぬことになっている。わしのものではない。高木氏に戻してもらいたい」

「……お見受けした所、手前どもの暮らしのほうがよっぽどいい暮らしをしております。お嬢様も年頃でいらっしゃいます。五十両ございますと、ああいう着物が着たいこういう帯が締めたい、願い事は何でも叶うと思うんですが。お嬢様のためにもこの五十両をお受け取りになって」

「黙んなさい、黙んなさい、黙れ！　娘のことなぞはどうでもよい。わしはそのような曲がったことが大嫌いだ」

「曲がっちゃあいないと思うんすよ。まっすぐだと思うんですが、お受け取り……」

「黙んなさい。この千代田卜斎、浪人はしておれども武士だ。つべこべ申すと、手は見せんぞ！」

「さよならー」

「旦那行ってきました」

「どうした？　受け取ったか？」

「受け取らない」

「どうして？」

「あの仏像はいったん売ったっつうんです。で、売ったものの中から何が出てこようがそれは買った人のもんだっつうんです。で、あんまりくどく言いますと、手は見せんぞって、小さい刀に手がかかる。怪我しちゃいけないと思って逃げてきちゃった。向こうがそう言うんすから、ここは旦那が貰っといたほうがようがすよ」

「馬鹿なことを申せ。拙者、仏像を買った覚えは……」

「って言ったんですよ。言ったのに聞かないですから」

「向こうが刀にかけても受け取らんと言うなら拙者も武士だ。刀にかけても受け取らせてみせる。屑屋、向こうに持って参れ」

「弱ったねどうも」

屑屋さん五十両持ってあっちへうろうろこっちへうろうろ。仕方がないというので千代田卜斎が住んでおります長屋の家主にこのことを話をいたしますと、

「清兵衛さんや、近頃にない良い話だなあ。あーあ、花は桜木、人は武士とはよく言ったものだ。お侍だったらそうありたい。あたしにちょいとした考えがあるから、その高木さんというお若いお侍様の所へ連れてっておくれ」

「旦那様、話はこの清兵衛さんから聞きまして、実はこの五十両がございますと、清兵衛さんが商売に出ることができませんで、そこで手前がない知恵を絞って考えたのですが、いかがでございましょう。五十両のうちから十両を骨折り賃としてこの清兵衛さんにやって頂いて、残りの四十両を半分に割

って旦那様が二十両、千代田先生が二十両。これで話は丸く収まると思いますが、いかがなものでございましょうか」

「拙者は受け取るべき訳のある金ではないが、屑屋が困るというなら仕方がない。嫌々だが貰っておこう」

「恐れ入ります。清兵衛さん、向こう行ってこのことをよーく話をして」

「先生、こういったような訳でございますすんで、あたしも十両頂戴します。ありがとう存じます。で、高木の旦那もお受け取りになりましたんでどうぞ、先生もこの二十両はお受け取りになって……」

「屑屋さん。わしはこの金は受け取れんな」

「また始まったよどうも。それじゃ話が前へ進まねえんすよ。じゃあどうです、ただ受け取るのが嫌だと仰るんでしたら何か向こうへ品物の一品もあげたらば。手ぬぐい一本でも箸一膳でも構いませんよ、何か差し上げたらどうです」

「何か差し上げたらと申しても長《なが》の浪者《ろうしや》。これというものも何もない。……どうであろうな、ここにあるこの茶碗だが、わが家に古くから伝わっている茶碗。朝晩これで湯茶を飲み、また薬なども服しておるが、こんなものでもよかろうかな」

「なんでもけっこうですから、お預かりをして参ります」

と、千代田卜斎の手元から高木佐久左衛門の元に、汚なーい茶碗をひとつ差し上げた。

で、五十両はこれで綺麗にかたがついたんですが、この評判が藩中にパーッと広がりまして、お殿様の耳にも入ったものですから、その千代田卜斎という者も立派な人間であるが、我が家来の高木佐久左衛門も正直者である。大勢のご家来衆の前でお褒めの言葉を頂きまして。この時に千代田殿から頂いた茶碗はこれでございますと殿様にお見せをいたしますと、殿様はじっと見て「おお、左様か」てなことを言っていたんですが、そばにおりました目利き、なんでも鑑定団がひょっとこの茶碗に目を留めて、

「殿、恐れ入りますがその茶碗を、一目拝見をさせて頂きたい」

「ん、見るが良い」

手に取って見ていた目利きの顔色がサッと変わりまして、

「殿、この茶碗はただの茶碗ではございませんで、井戸の茶碗と申して、この世に二つという名器でございます」

「はっ、そのようなもの。高木佐久左衛門、余はこの茶碗を所望《しょもう》いたす」

殿様ってのは勝手なもんですね、高木さんからこの茶碗取り上げちゃったの。いくら殿様だって、家来から物を貰っておいて黙っている訳にいきませんので、殿様の御手から高木佐久左衛門の元に、三百両の金がお下げ渡しになりました。さあこれを前に置いて佐久左衛門、考え込んじゃった。

「なあ屑屋、屑屋。殿が拙者に三百両くだされた。しかし元はと言えばあの茶碗は……千代田殿から出た茶碗だ。拙者はまるまるこれを受け取る訳には参らん。こないだのようなことがあるといかんから、此度《こたび》は端《はな》から半分貰っておく。半分で百五十両お前の手から千代田殿の所へ届けてもらいたい」

「嫌だ、嫌だ、嫌だ！　あたしは。なぜってそうでしょう。五十両であの騒ぎですよ、手は見せんぞですよ、百五十両持っていってご覧なさい、機関銃で撃たれるよあたしは」

「だけど端から拙者は受け取っているんだ。向こうも受け取るであろう。持って参れ」


「まったくな。世の中にこんな訳のわかんない話はないよ。金がなくて苦労するってのは知ってるよ、金があって苦労してんだよ。なんだかなあ。二人ともまあ、金に執着のない人間がいるのかね。そうかと思うと金ばかり欲しがってる、大阪のほうのどっかの庭に赤い学校を建てたやつがいるけれども。ああいうやつに聞かせてみてえな。ごめんくださいまし。ごめんくださいまし——」

「おお、おお、屑屋さんか。何か御用か？　ならばこっちへおは……風が入るから後を閉めてください」

「開けさせておいてください。ことによると駆け出すようなことになるといけませんから。実はこの間、先生の所から高木の旦那の所へ差し上げたあの茶碗、目利きが見た所、井戸の茶碗とか言ってたいそうなものなんだそうで。で、お殿様に差し上げたらば、お殿様の御手から高木の旦那の所に、三百両の金がお下げ渡しになって。こないだのようなことがあるといけないから、此度は端から半分貰っておく、だから半分をお前の手から先生の所に届けろと言うので、預かって参りました。お納めの程を」

「……屑屋さん。わしはこの金は受け取れんな」

「また始まったよ、どうも。話が前へ進まねえんすよ。じゃあどうです、また何か差し上げたら。お宅に古くから伝わってるものってのは危なくてしょうがねえからね、あの子供に寺で教えてる半紙一帖でも半帖でも構いません。差し上げたらどうです？」

「屑屋さんに尋ねるが、その高木氏という方は、妻《さい》はおありか？」

「いやサイは飼ってませんけどね。良助という中年と」

「いやそうではない、御内儀《ごないぎ》はおありか」

「へえ、独りもんだい。良助とかいう中年と二人で住んでおりますが」

「どうであろうな。我が娘、女ひと通りのことは教えてある。高木氏がこの娘を貰ってくれるというのなら、この百五十両支度金として受け取っておくが。貰ってくれるであろうかのう」

「貰いますよー、そりゃ。そりゃ貰いますよ。向こうが貰わねえんだったらあたしが貰いたいくらいなもん。じゃあ行って参りますんで」

「行ってきました」

「どうした？」

「受け取ったが、素直には受け取りません。またこちらへくださるものがありますが」

「またなんかくれるのか、茶碗の後はどんぶりか？」

「いやそうではありません。お嬢さんがいらっしゃいまして、旦那がお嬢さんを貰ってくれれば、百五十両受け取るって言ってますけれども。旦那、どうなさいます？」

「屑屋。お前の前だが、だいぶ前から母上から口うるさく言われている。早く身を固めろ身を固めろ、男は身を固めてからこそ一人前だ。だから昇太は半人前だ。こういう話が出たということは縁《えん》だ。人間、縁というものは大切にしなくてはいかんと教わった。屑屋、貰うとするか」

「そうなさいましよ。今は長屋に住んでますからくすぶってますけどね、こっちへ連れてきて磨いてご覧なさい、そらあ、いい女になりますよ」

「いやあ磨くのはよそう、また小判が出るといけない」

噺のはなし――井戸の茶碗

正直者の屑屋・清兵衛さんが、浪人から預かった仏像をきっかけに右往左往するお噺です。清兵衛さんも浪人の千代田卜斎も、お侍の高木佐久左衛門も、みんな曲がったことが大嫌い。出てきた小判を俺のものじゃないと言い合って、間に入った屑屋さんが困り果てる。

いい人しか出てこない、みんな「馬鹿」がつくほど正直で、悪巧みをしようなんて考える者がいない。江戸の様子がよく描かれていて、私が一番好きな演目のひとつです。

『井戸の茶碗』は、私が会長をつとめる落語芸術協会で勉強会をやっていた時に、若手が演じたネタでした。客席から聞いていて、「面白い噺なのに、なんであそこをこうするんだろう、あたしだったら」と思っているうちに、じゃあ自分でやっちゃえってやり出しちゃった。

客席で若い者の噺を聞くのは、勉強になります。「ああ、こういうやり方もあるのか」と気づくこともあれば、「あたしだったらここはこうするな」と思うこともある。高座でも同じです。時間の許す限り、早くに楽屋入りする。人のネタを聞いて、自分を磨くためでもあるんです。

若手が師匠の前で演じることを「ネタをあげる」といいます。テープを渡されて、必死に覚えて、よしできたとなれば師匠の前で演じてみせる。私は二つ三つ言葉を添えたメモを渡します。細かくは言わない。要点を伝えたら、あとは本人が工夫しろということです。

ネタといえば、今も多くの噺家が柳家金語楼《きんごろう》先生の台本を演じていますが、私が二ツ目の頃、金語楼先生は人形町末広で独演会を開いていました。そこで若手に新しい台本を配るんです。でも台本にはサゲがなくて、「お任せ」と書いてあるだけ。そこも自分たちで工夫しろ、ということです。

必死で覚え、あれこれサゲを考えて、お客さんの前で演じるのに、まったく受けないという日もありました。金語楼先生は、その日に書いたネタなのに、高座で毎回大爆笑でしたけどね。

おすわどん

どうぞ一席お付き合いの程を、お願い申し上げます。

あたくしはあんまり自分自身に興味がございませんから、進んで見るということはいたしませんですけれど、何かの都合で、たとえばあの週刊誌の芸能欄ですとか、あるいはテレビの芸能レポーター番組というんですか、ああいうのを拝見いたしますと、ただいまの日本では離婚率というのが随分高くなっているそうでございます。特に、お若い方の離婚率。

大勢の方々に祝福をされて、これはあたくしに言わせればでございますが、とてつもない無駄なお金を使って、立派な結婚式を挙げる。一年か二年くらい経ちますと、性格が合わないからと言って離婚をなさいます。あたくしは世の中でこんな無責任な言葉はないと思ってます。性格が合わないって、合う訳がないんです、他人同士が夫婦になるんですから。合わない性格を二人がうまーくコントロールしていくのがあたくしは夫婦の務めじゃないかと思ってます。

世間様では離婚率がたいそう高くなっている。そこへ来ますと、われわれ噺家、噺家の離婚率は皆無と言っていいくらいでございます。で、先日も、どういう訳であたくしたち噺家の離婚率というのがこんなに低いのかと思っていっぺん調べたことがございます。大体この噺家が結婚をする時期というのが決まっておりまして。噺家の階級というのが三つございます。階級って程のもんじゃないんですが、たった三つだけです。前座、二ツ目、真打、この三つでございます。前座、二ツ目、真打。あえて挙げますと、この後にご臨終という位置がありますが。まあ、あんまりなりたい位置じゃございませんでして。

前座の修行というものを大体この五年くらいやります。で、二ツ目になります。二ツ目の期間というものが十年ございます。これも約でございますけれども、大体ほとんどの噺家がこの二ツ目、十年の期間に結婚をいたします。世間に食うや食わずという言葉がありますけれども、我々落語界はそうじゃないんです。食わずや食わずという言葉でございます。ましてやあたくしたち噺家というものは、あんまりものを隠しません。貧乏でもなんでもおおっぴらにどんどんどんどん喋っちゃいます。ですからもう噺家のかみさんになろうなんという人は、端から貧乏承知で来ますから意外と辛抱強いんですな。だから亭主がなんとかなった時に、少しぐらいの理由で別れちゃ損だという気が起きるらしいんですな。

私事で、申し訳がございませんが、結婚をいたしまして今年で六十回忌を迎えさせて頂きます。実はあたしは噺家の中でも大変に結婚の早い人間でして、二十一の時には結婚いたしました。別に吉原がなくなったから焦って早目に結婚した訳でもなんでもございませんでして。両親に縁の薄い人間でございまして、諸事情がございまして結婚も早うございます。

そりゃあ随分、苦しい思いもして参りました。お客様方の前ですけれども、お米の一合買い・練炭のひとつ買いなんという生活も随分やって参りました。波風が立たなかったと言うと嘘になります、多少の波風は立ちました。でも今年でもって六十年経ちまして。

あんまり大きな声じゃ言えませんが、夫婦も六十年やってると、夫婦の会話なんてのはなんにもないですね。あたしはこんなに会話がないものかと、今年の正月まで気づかなかったです。退院してからですよ。なんで気がついたかと言いますと、子供たちは自分の子供たち連れて三泊四日ぐらいでどっかに遊びに行っちゃったんですね。それで、あたしとかみさんと二人っきりになりました。

あたくしは長いこと、一日二食なんです。間違ってるというのは知ってますけれども、朝ご飯なんというのはもう何十年も食べたことがございません。お昼と夜と一日二食。それでこのスリムな体型を保ってます。その時も十時近くまで寝てましたか、起きてきて顔を洗ってからお仏壇に燈明あげたり新聞読んだりお茶飲んだりして、十二時ちょっと過ぎでした。あたくし、ここでお昼ご飯兼朝ご飯、食べてました。真剣に食べてました。二度のうちの一度ですから。真剣にならないと皮になりませんから。あたくしの場合は身にはならないんですよね。皮にしかならない、毛にもならない。真剣に食べてたんです。そしたら、かみさんここでもって猫を抱いてテレビ見てるんですね。こっちが一生懸命こうやってご飯食べて、いきなりですよ、ばあって振り向いて、「お父さん晩のご飯のおかず何にする?」って。昼メシ食ってる時に晩メシのおかず聞くなっていうんです。

で、そう言われりゃこっちだってついめんどくさいですから、「なんでもいいよ」ってこういうふうに言ったんですす。夜になったら本当にもうなんでもいいおかず。猫も跨《また》いで行きました。

後で考えたらこの日に夫婦で交わした会話ってのはこれだけでした。記念にあくる日、あたしはかみさんに歌を一首送りました。どういう歌を送ったかと言いますと、

「今はただ　飯食うだけの　夫婦かな」

そうしたらかみさんが生意気にあたくしに返歌をしました。

「今はただ　櫛の要らない　頭かな」

ってなんだいあれは。

名前は冨士子って言うんです。富士山の富士って書くんですが、顔を見ると恐山《おそれざん》みたいな顔をしています。もう色っぽくないですよ。亭主のそばで鼾《いびき》はかくし屁はするし、そりゃあおならだってするなとは言いません、丈夫だから出るんですから。でもどうせやるんだったら堂々とやれって言いたくな

るんです。ブワッ！　とね。もうこういう音が出ないんですね。フルルルルルル……。破れ障子に北風が当たってるような音なんです。

　お願いしておきますが、今言ったこと、女房に内緒にしといてください。こんなこと言ったなんて知れた日には、知れたその日があたしの命日になるといけませんからね。

　会場にこれから結婚をしようという、お若い男性女性の方、不心得な方がたくさんいらっしゃるようですが、まあ今日は特別に、縁あって夫婦になって長持ちをしようと思ったら秘訣をひとつお教えいたします。

　夫婦になって長持ちしようと思ったら、あまーい新婚時代なんというのはせいぜい三日か四日です。夫婦になって長持ちしようと思ってまず一番肝心なことは、諦《あきら》め。二番目が惰性。後はお互いの生命保険を頼りに付き合うより手がないですな。どっちが先に使う立場になるか。あたしは今これに賭けてます。たぶん向こうもそうじゃないかと思ってますけれどもね。縁あって所帯を持って、特に子供さんでもできた場合は、夫婦円満ということが一番いいことではないかと思っておりますが。

江戸時代のお話でございます。江戸は下谷《しもや》の安倍川町《あべかわちょう》に、呉服商を営んでおります、上州屋徳三郎という方がおりまして、おかみさんの名前をお染《そめ》さんと言いまして、このご夫婦がたいそう仲のいいご夫婦でございます。ご案内の通り、昔は男女七歳にして席を同《おな》じうせずなんという、たいそう野暮なことを言っていた時代、失礼でございますが、お客様方の中でもお年を召した方でしたらご経験者もいらっしゃると思います。

昔はたとえご夫婦でも表を歩きます時に、今のお若い方のように手をつないで歩く、あるいは肩を組んで歩くなんというのは、夢にも考えられない時代だったそうです。昔の夫婦の歩き方というものは、旦那様が前を歩いて奥さんが後からくっついていく。これが夫婦の歩き方。旦那様が前で奥さんが後。たとえば、旦那様がこの新宿のホールの前を歩いているとすると、奥さんは四谷の駅前辺りから後をずーっとくっついてくる。そういう時代にお染・徳三郎夫婦は、何をするんでもどこへ行くんでも、お互いにかばい合って手を取り合って行動を共にいたします。店の奉公人も近所の人たちも、羨ましいのが半分とやっかみが半分でこれを見ておりまして。

ところがこのお染さんが、ふとした風邪が元でどっと病の床《とこ》につきました。仲のいいご夫婦ですから、主《あるじ》の心配は一通りや二通りではございません。医者よ薬よ看病よと、八方手を尽くしたのですが、病はどんどんどんどん重くなるばかり。しまいにはお医者様も、小首をかしげるようになりました。

この世の中で何が絶望的だと言って、医者が首をかしげるくらい絶望的なことはございません。もっともこれも人によってあんまりあてにならないってのは、あたくしいっぺん経験したことがございます。だいぶ前ですけれども、秋の彼岸時に、夜中に胃痙攣を起こしました。牡丹餅《ぼたもち》を食べすぎて。色っぽくもなんともない話ですな。牡丹餅を食べすぎて胃痙攣ってんですから。

実はあたくしはお酒というものが一っ滴も飲めない性分でございます。乾杯の時の御猪口《おちょこ》一杯飲むことができませんでして。昔は随分練習もしてみました。もういいだろうと思って、だいぶ経ってからですが、ビールをコップに七分目飲んで医者に担ぎ込まれて、急性アルコール中毒という診断を受け、おケツにこんな注射を打たれて一週間寝込んだことがあります。もうそれっきりあたくしはもう、アルコール類というのは口にできませんでして。飲まないんじゃなくて飲めませんでした。甘党です。

人に頂いてうまいからって調子に乗って、牡丹餅をパクパクパクパク食べた。そうしたら夜中に七転八倒の苦しみをいたしました。で、あくる日、朝ですけれども、かかりつけのお医者様に飛んで行こうと思ったら運悪く休診日に当たってしまって、人に紹介をされて初めての医者へ行きまして。で、痛いのを我慢してこうやって待合室で待ってましたら、「どうぞお入りください」って呼ばれたもんですから、診察室へスッと入った。そしたら先生があたくしの顔をひょっと見て、首をこうかしげる。……ドキッと来ましたこれは。で、「診察しますから、上半身裸になってベッドに寝てください」。上半身裸になってベッドに寝ましたら、聴診器で診ながらまた首を……。

もうダメだと思いました。小圓遊《こえんゆう》が呼んでんじゃないかと思ったんです。家へ帰って遺書書こうと思った。でも、よく聞いてみたらこの医者疳持《かんも》ちだったんです。こんな漫才の片割れみたいな医者に出てきてもらいたくねえと思いましたね。

さて、ある日のこと。お染さんが主徳三郎を枕辺《まくらべ》に呼びまして、

「あなたには長いことお世話になりましたが、あたしはそろそろあの世からお迎えの来そうな気がいたします。あなたには優しくしてもらい、店の奉公人には親切にしてもらい、死んでいくこの身にはなんの心残りもございませ

んが、ただひとつ気がかりなことは、あたしが目を瞑《つむ》った後であなたは後添《のちぞ》えを貰うと思います。それについてやきもちがましいことを言う訳じゃありません。今度あなたのおかみさんになった人が、あなたに尽くせば良し、店の奉公人に親切にすれば良し。そうでない人が来た時に、悲しい思いをするのはあなた一人でございます」

と言い置いて、三日後に保険証を持ってあの世に疎開をなさいます。

がっかりといたしまして。しかしいつまでもがっかりしているばかりが能ではない。お金にあかして立派なお弔《とむら》いを出しました。初七日《しょなのか》二七日《ふたなのか》、三十五日、四十九日、百か日、一周忌の法要が無事に済んでから、親類縁者が大勢集まりまして、

「徳さんや、こないだ無事にお染さんの一周忌が済んだ。実は今もみんなと話をしたところだが、これだけ大きな店を構えていて、女手がないというのはどうも具合の悪い話だ。だいいち店の信用にもかかわりますよ。お前さん

もそろそろ、後添えということを考えてくれないと」

「いろいろとご心配をおかけして申し訳がございません。まあ、皆さん方はそうは仰いますが、実はお染が目を瞑ります時に、これこれこういうことを言って逝きまして、それがいまだにこの耳の底に残っていて、まだ後添えという気には」

「まあまあまあ。お前さんの気持ち、わからないことはないけれども、こんなことを言うと人間薄情に聞こえるかしれないが、亡くなった人のことは一日も早く忘れてやらないと仏が浮かばれない、軒端《のきば》を離れられないということをよく言うよ。さ、そこで改めて、お前に相談をするんだが、どうだろうな、気心の知れないものをあちらこちらと探すよりも、今まで奥で使っていた女中のおすわ、たいそう気立ての優しい女だ。器量だって十人並みの上。それに亡くなったお染さんが自分の子供のように可愛がっていた。何をするんでもおすわおすわと言って。あれを、後添えになおすのが、一番丸く収まる法だと思うが、徳さんはどうお思いだい？」
「ありがとう存じます。それではこの話は皆さんがたにお任せをいたします
ので、何分よろしくお願いをいたします」
と、話がとんとん拍子にまとまりまして、それまで奥で女中さんをしてお
りましたおすわさんという人をこの上州屋の後添いになおしまして。
さあ、このおすわさんが前のお染さんにも増しまして、旦那には尽くす、
奉公人には気を遣う。はあ良かったとみんながほっと一安心いたしました、
ちょうど、二十日目の真夜中過ぎでございます。主徳三郎が小用《こよう》に起きまし
て、用を足して寝所《しんじょ》に戻ろうと廊下を歩いておりますと、表の戸を、バタバ
タバタ……、バタバタバタバタ……、叩くような音。続いて、か細い声で、
「おすわーどー――――ん。おすわーどー――――ん」
「……はてな？　今誰か家のやつの名前を呼んだような気がしたけれども、
空耳だったのかしら」と、その晩は布団へ入ります。あくる晩になりまして、

ちょうど同じ時刻の真夜中過ぎ。表の戸を、バタバタバタ……、バタバタバタ……、続いて、

「おすわーど―――ん」

これが毎晩続きました。さあ、奉公人の耳にも入ったために、前のおかみさんが今度のおかみさんに何かあって出てくるんじゃあないか、怖い、恐ろしい、夜になりますと奉公人は奥の一間に集まって、頭から布団をかぶって震えている。本人のおすわさんはこのことを気に病んでどっと病の床につきました。貧乏くじを引いたのが徳三郎でございます。

「番頭さん、番頭さん」

「……お呼びでございますか？」

「後を閉めてこっちへお入りください。番頭さん。あたしは今日はお前さんの前へ両手をついて、お願いをしたいことがひとつあるのでございますが」

「どうぞ、お手をお上げくださいまし。何を野暮なことを仰います。お願い

したいことがある？　旦那様《だあさま》はご主人様でらっしゃいます。手前は奉公人でございます。口幅《くちはば》ったいことを言う訳じゃございませんが、あたしは、旦那様のため、お店のためでございましたら、たとえ火の中水の中、飛び込む覚悟はいつでもできております。番頭こうしろ、番頭ああしろ、命令をして頂きたい」

「……番頭さんよく言ってくれた。あたしはお前さんのその一言を聞いてほっと一安心しました。じゃ番頭さん、あたしはお前さんに言いつけます。ご案内の通り、毎晩真夜中過ぎになると、表の戸をバタバタ叩いてうちのおすわの名前を呼ぶものがいる。済まないけれども今晩、あれの正体を見届けておくれではないか」

「……長々お世話になりました。本日ただいま限り、お暇を頂戴いたします」

「なんだい出し抜けに、お暇を頂戴いたしますってのは」

「旦那様の前でございますが、昔からあたしは、化け物と円楽が大嫌いな性分でございまして」

「妙なものと一緒にしなさんな、あんな腹黒いものと。化け物が聞いたら、気分悪くしますよ。だいいち番頭さん、今お前さんなんて言ったい？　たとえ火の中水の中」

「火の中水の中に飛び込む覚悟はできておりますが、まだお化けの中に飛び込む覚悟はできてない」

「何を薄情なことを言っている。そっちへ行きなさい」

誰に頼んだらいいだろうと考えたあげく、同じ町内に住んでおります、御浪人ではございますけれども、柳生《やぎゅう》の流れを汲んでいる一刀流の使い手、荒木股擦《またずれ》先生にこのことをお願いをいたしました。実は、お客様方に一言お断りをしておかなくてはいけない、というのは柳生の流れを汲んでいるといいましても、柳生但馬守《たじまのかみ》、柳生一族の柳生じゃございません。野の牛と書く野牛のほうでございます。それだけたいそう剣術が荒っぽいということでして、荒木股擦、又右衛門《またえもん》のおじさんに当たる方です。腕は二段も三段も上だったんですが、名前が悪かったために世に出らんなかった方でして。今日は吉川英治先生も扱わなかった隠れた名人を、皆様方の前にご披露さして頂きます。

荒木先生にお願いをいたしますと、

「心得た。拙者がその化け物の正体あらため退治をしてくれよう」

色よい返事を貰います。さ、その日の宵《よい》のうち、荒木先生上州屋に参りまして、店の大戸を下ろしてしまい、奉公人を全部奥の一間に追いやって、刀の下げを外して襷十字《たすきじゆうじ》にあやなしまして、店の上がり框《がまち》にどっかと腰を下ろし、化け物いつでもござんなれと身構えております。

やがて、夜がだんだんだんだん更けて参りまして、いつもの時刻の真夜中過ぎ、荒木先生の上の瞼《まぶた》と下の瞼がそろそろ仲良くなりかけた時分に、表の戸をバタバタバタバタ……、バタバタバタバタ……、続いて、

「おすわーどーーーーん」

「待てーい！」

「はあ……、はーあびっくりした。はーあ驚いた。……いらっしゃいまし」

「そのほうか！　毎夜毎夜これへ参って、この家の御家内《ごかない》の名前を呼ぶのは！」

「はあ、あたしは別にここのおかみさんの名前なんざ呼んだ覚えはございません。毎晩この時刻へここへ参りまして、商いをさして頂いておりますが」

「そのほう何者だ」

「ご覧になる通りの蕎麦屋でございまして。毎晩ここへ来て、おそばうどんと怒鳴っておりますが？」

「……何？」

「おそばうどんと怒鳴っておりますが？」

「おそばうどん？　おすわどん……、おそばうどん……、いやっ、表の戸をバタバタ叩くであろう！」

「いいえ、バタバタ言わしておりますのはこの渋団扇《しぶうちわ》でもって七輪のケツをこうやって扇《あお》いでいるのでございますが」

「そうか、『幽霊の　正体見たり　枯れ尾花』。蕎麦屋そのほうであったか。いや実はこれこれこういう訳、拙者この家の主に頼まれて化け物退治に出張《でば》って参った。しかし、わしも武士。頼まれてこのまま手ぶらで帰る訳には参らん。証《あかし》のために、そのほうの首を手土産に持って帰る。打ち落とすからこれ出せ」

「ちょっと待ってください、そんな。手ぶらで帰れねえ訳はわかりますけれども、いちいち蕎麦売ってて首刎《は》ねられてたんじゃ、江戸中の蕎麦屋みんな首無しで商いしなくちゃいけねえ。旦那様もお侍様、今も言う通り、手ぶらで帰れねえ訳はわかります、といってあっしもひとつしかねえこの首は差し上げられません。いかがでございましょう？　身代わりを立てますので、それでお許しの程を」

「身代わりと申すと？」

「へえ。あっしの、息子を身代わりに立てます」

「なにい？　蕎麦屋そのほう、息子を身代わりに立てると申すか！」

「左様でございます。ちょいとお待ちになって……。へい」

「引き出しから何か取り出したな。なんだこれは？」

「そば粉でございます」

「……そば粉が何ゆえそのほうの息子だ？」

「へえ、蕎麦屋の子でございますからそば粉。あっしの息子になりますな」

「なにい？　蕎麦屋の子でそば粉でそのほうの息子、たわけたことを申すな！　そば粉を身代わりにとっていかがいたす」

「へえ、どうぞお手打ちになさいまし」

噺のはなし――おすわどん

一九七四年一月、三十七歳の時に、横浜の三吉《みよし》演芸場で独演会を始めました。ここはもともと大衆演劇をかけていた劇場で長い歴史がある。近所ということもあって、あたくしも時々見に行っていました。

第一回の出し物が、『火焔太鼓《かえんだいこ》』とこの本にも収めた『紺屋高尾《こうやたかお》』。独演会をするなら、古典で行こうと決めてました。最初の年は七回、翌年は六回やったんですが、毎回二席ずつ、ともかく新しいネタを披露しなくちゃならない。噺を増やさなくちゃというので大変でした。

苦しかったですが、苦しまなきゃ増えない。楽をしようと思えば勉強しないで済みますが、それじゃ噺家になった意味がないと思ったんです。新作を毎回創作するのは大変だというので、古典落語を探すうちにどんどん面白くなりました。『おすわどん』は、落語の古い本を読んで見つけた噺。サゲに惚れこみました。

「そば粉を身代わりにとっていかがいたす」「どうぞお手打（討）ちになさいまし」、さらりと終わる、このサゲがいい。ただ、元の噺は前半が陰惨すぎる、どうも暗い感じがするというので、手を入れました。

手直しの程度は一から組み直すこともあれば、サゲを新しくすることもある。たとえば『後生鰻《ごしょううなぎ》』という噺は、元は赤ん坊を川へ放り込むという結末でしたが、きつすぎるんで主人公のおかみさんを放り込むことにしたんです。ただ放り込むんじゃいけない。おかみさんを強くて口うるさい女房に仕立てて、お客さんがサゲでしっかり笑えるようにする。

『おすわどん』はあちこち直して高座にかけたら、いつだったか、名古屋の放送局での録音の時に圓楽さんが聞いて「オレにくれよ」と言ってきました。「いいですよ、代わりに何か圓楽さんのネタをください」と言って『城木屋《しろきや》』と取り替えっこしたんです。

五代目圓楽師匠は、本当に落語が好きで、いつでも落語のことを真剣に考えていた。二人とも下戸で、妙に気が合いました。噺家仲間、ライバル、同志、いろんな言葉で言えますね。

鍋草履

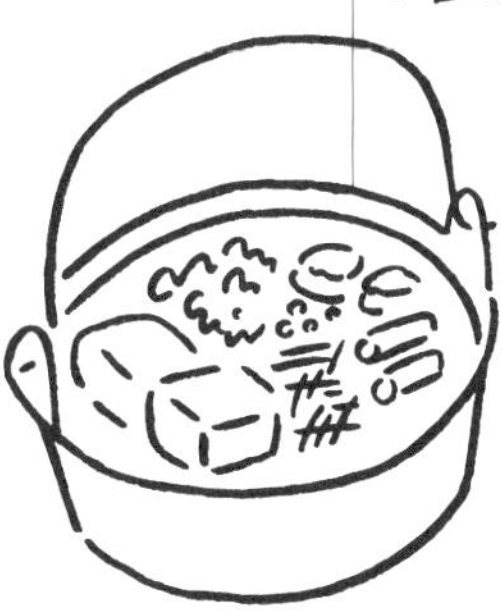

ようこそおいでを頂きまして、出演者一同、気も狂わんばかりに喜んでおります。ご愉快にお笑いのお付き合いをお願いいたします。

あたくしが噺家になりましたのが昭和二十六年の十一月の二十二日の日でございました。ですから今年の十一月の二十二日が来ますと、噺家生活六十六年になります。

中学三年在学中にあたくしはもう噺家になってしまいまして、それも二学期の終わりのほうに噺家になりました。まあとにかく勉強が嫌いでして、この世の中になんで学校なんてあるんだろうと思いまして、なんべん学校にマッチを持っていった覚えがあるかわかりません。ただあの当時のマッチですから、いっぺん火をつけるのに軸を五、六十本使わなくちゃいけない。なかなか火がつかない。だから安全マッチと書いてあったんですかね、あれ。近頃、学校学校ということをよく言いますけれども、お客様にお叱りを受けるのを覚悟で言いますが、世の中に出て、学校で教わったことで役に立つことは国語と数学だけですな。数学も足し算引き算掛け算割り算。これだけのことを覚えておくと金の計算なんてのはすぐできます。あのルートなんてのは糞《くそ》の役にも立ちません。あたくしの友達で学生時代にルートを一生懸命勉強して、大人になって麻薬の運び屋になったやつがいる。

ならもう、中学高校の時に、この職業に就《つ》こうと覚悟を決めたらば、学校の勉強なんてのはほっぽりだしちゃったってかまわない。今は先生だってあんまり真剣に教えていませんから。月給ぶんだけ教えると帰っちゃいますからね。別にあたくしは、こういう教育論に出てきた訳でもなんでもございませんが。

あたくしが噺家になりました時に、師匠先輩連中に言われた言葉がございます。どういうことを言われたかと言いますと、特にあたくしの大《おお》師匠にあたります、五代目の古今亭今輔《ここんていいますけ》。おばあさん落語でおなじみでしたが、この五代目の古今亭今輔があたくしにとりましては大師匠にあたります。師匠の師匠でございますんで。

この今輔にどういうことを言われたかといいますと、歌丸さん、落語家となったんなら芝居を観なさい。特に歌舞伎を観ろということを言われた。役者衆ですとか、芝居の筋書きなんというのはどうでもいいって言うんですね、じゃあどういうところを拝見したらよろしいですかと伺いましたらば、台詞《せりふ》のやりとり、あるいは入ります鳴りもの、ああいう間《ま》ですとかきっかけというものをよーく頭の中に入れておきなさい、落語をやるについて勉強になりますよということを教わりました。

それから随分、歌舞伎を観に通いました。正直なことを言いまして、最初のうちは何がなんだか訳がわかりませんでした。特に浄瑠璃・義太夫ですか、ただうんうんうんうん唸《うな》ってばかり、壊れた消防自動車じゃないかと思うような唸り方をしている。ところが観ていくうち聞いていくうちにわかるようになり、だんだんだんだん面白くなりまして、今はもう、月にいっぺんは歌舞伎というものを観るように心掛けておりますが。

もっとも近頃のお若い方に歌舞伎行かねえかというと、嫌だって方がいらっしゃいますね。何が嫌だっていうとまどろっこしいって。何がまどろっこしいって聞きますと、ひとつ笑うのに十分かかるような芝居は嫌だっていうんですがね。

なるほど言われてみると、歌舞伎の役者衆、たとえ演技にいたしましても、舞台で笑う時に、我々落語家みたいに安直には笑いません。もったいをつけて、重みをつけて笑いますからな。「ん、ふうん、んはあああ」って、なるほど十分かかりますよ、これは。それがまたお芝居の良さではないかと思いますが。

実をいいますと、仲間の、あるテレビの番組に一緒に出ている人間でございますが、友達の木造《もくぞう》、木造じゃねえ、木久蔵に頼まれて、いっぺんやつを芝居に連れていったことがある。やつがやっぱり噺家になって、おんなじことを言われたらしいんです。あたくしの所に来て、兄《あに》さん、芝居に連れてってくれ。初めて観るんでわからない。本当に初めてかって聞きましたら本当に初めてだと言うもんですから、じゃあ、わかりいいのでもって忠臣蔵がいいだろうと。

ちょうど歌舞伎でもって忠臣蔵を通しで昼夜出しておりましたんで。どうせ観るんなら通しで観ようというのでずーっと見たんです。

そしたらまあ、キクちゃん、最初のうちはわかってるんだかわかってないんだか、口開けてぽかーんと観てました。そのうちに、討ち入りの段になりましたらば、今まで口開けてたキクちゃんが、あたしのことをひょっとこうやって突っつくんです。「何?」って聞いたら、あの大石内蔵助《おおいしくらのすけ》ってのは間違ってるって言うんです。何が間違ってるんだと聞いたらば、みんなが刀抜いて真剣に戦っているのに、表で一人だけ太鼓たたいて遊んでるってんですね。不思議な見方ですな、あの人の見方ってのは。それっきり彼と二人では芝居を観に行かないようにしてます。こっちの頭までおかしくなりますから。

お芝居、狂言の中にはいろいろな狂言がございますけども。やはりできてから今日まで一番多く上演をされている狂言がこの忠臣蔵だそうでございます。出てくる方出てくる方ほとんどが主役と言って間違いのないお芝居でございます。

歌舞伎のほうから申しますと、大序《だいじょ》から討ち入り、あるいは両国橋引き揚げ、何段にも分かれておりまして。忠臣蔵をなんべんも観まして、気がついたことがひとつございます。なんですね、あんなに切腹の好きな芝居ってののはないですな。大体この主役の方が三人腹を切ります。歌舞伎のほうで観ておりますと、まず四段目で判官《はんがん》が切腹をいたしまして。六段目でもって勘平《かんぺい》が腹切って、九段目でもって本蔵《ほんぞう》が切腹いたします。切腹の好きな芝居ですな。もっともある方に伺いましたらば、忠臣蔵ができてからだそうですね、日本人が盲腸切るようになったのは。……あんまり信用なさらないほうがいいですよ。こないだ噺家の言うこと一から十まで信用して会社をクビになっちゃった方がいらっしゃるそうですから。

もっとも近頃、忠臣蔵を歌舞伎のほうで観ましても、あまり上演されなくなったという段がございます。どういう所かといいますと、十段目でございます。天河屋義平《あまがわやぎへい》。まあ一般には天野屋利兵衛《あまのやりへえ》と言っておりますが、実を言いますと、あたくしがあそこの場面の大好きな男でございまして。男らしい場面でございます。

一説によりますと、義士がこの討ち入りをいたしました時の、衣裳装束を天野屋利兵衛という方が調《ととの》えて、そのことが発覚をいたしまして、松野河内守《まつのかわちのかみ》に取り調べられました折に、「天野屋利兵衛は男でござる」と言って頑《がん》として口は割らなかったそうでございます。つまり内蔵助から男と見込んで頼まれた。少しくらいの責め折檻《せっかん》で白状してしまったんでは男がすたるというので、「天野屋利兵衛は男でござる」、歯を食いしばってこの血を吐いてまでも、白状はしなかったそうですが。これは男の中の男の代表的な言葉にしたい言葉でございます。

もっともある方に言わせますと、そうじゃあないって言うんですね。本当の真実は他にあるって言うんです。じゃあどういうのが真実ですかと伺いましたらば、ある時この大石内蔵助が流行性感冒《かんぼう》にかかりまして、どっと病の床についたことがあるそうです。そこにこの天野屋利兵衛がお見舞いに参上いたしまして、

「ご城代《じょうだい》様には二、三日来より風邪《ふうじゃ》の気味と伺いましたが、ご容態はいかが

でございます。ご城代、ご城代」

声を掛けましたが、内蔵助、布団目深《まぶか》にかぶってぐっすりと休んでおります。利兵衛が傍へ参りまして、

「ご城代、ご城代」

布団の上から揺り起こしたのですが、何を勘違いしたのか内蔵助、布団の中から手を出すと、天野屋利兵衛の腕《かいな》をグッと握ってズルズルズル、布団の中へ引きずり込もうと思った。驚いたのが天野屋利兵衛、後へパッと飛び下ると畳に両手をぴたっとついて、

「ご城代、天野屋利兵衛は男でござる」、これが真実です。

こないだも、歌舞伎座に、ある方の親子三代にわたっての襲名というのを観に行きました。この時に気がついたんでございますが、近頃はお芝居開演中に客席でもってものを食べてるという方が大変に多いようでございます。特に団体の客なんというのは、貰った弁当食わなきゃ損だって。あたしゃ世

の中でこんな失礼な話はないと思ってますな。一生懸命演者が舞台で演じてるのにパクパクパクパクパクものを食べる。いや、そこの目の前の方、どうぞ遠慮なさらずに食べてください。そこまでちょっと、目が届かなかったもんで。別に皮肉に言った訳ですから。いや、皮肉に言った訳でもなんでもございませんです。

実はその時もあたしのちょっと横のとこでもって、せんべいを食べているおばあさんがいたんですよ。癪《しやく》に障《さわ》りましたよ、これは。だいいち、おせんべいってやつは小さく割って口の中に放り込んで、唾《つばき》でもって湿らせて柔らかくして飲み込んだってうまくもなんともありませんから。バリバリバリバリ、音をさしてる。入れ歯のくせに無理することはねえじゃねえかと思って、文句言ってやろうと思ってひょっと顔を見たら、強そうなおばあさんでした。怪我しちゃいけないと思って、こっちは黙っちゃいましたけれどもね。

ある古い本を手に入れて、読んで気がついたんでございますが、ずっと昔は、お芝居開演中、あるいは幕間でもって芝居茶屋から取り寄せました食べもの、あるいはご自分のお宅から持参をしたお弁当を食べてしまうということができた時代もあったそうでございます。
今はこの序幕から名代《なだい》の役者衆が舞台へご登場なさいます。ところが昔はこの序幕、最初の幕なんといいますと、あんまりいい役者は出てこなかったそうです。市川猿之助の弟子で縁の下ですとか、孔雀ですとか、そういうのが出てくる。そういう時に、どうだい、ちょいと食べちゃおうじゃねえか、そういう時代のお話でございます。

ある芝居小屋で若い衆が、お客の注文と見えまして、鍋を手に提げて、幕がしまったら持ってこうというのでこの鍋を、ひょっと梯子《はしご》段の下に置いて、幕の閉まるのをぼーっと待ってました。慣れてる若い衆ですと、幕が閉まることだけを気にしてればいいんですが、慣れないもんですから余計なことを考えてたらしい。近頃どうも御祝儀の貰いが少ねえな、なんて噺家と同じようなことを考えていました。

　そのうちに、チョンとひとつ柝《き》が入る、途端に二階にいたお客様、たぶんはばかりにでも行くんでございましょう、この梯子段を勢いよく、タッタッタッタッタッタッタッ……、駆け下りて参りました。下に鍋があったのに気がつかないもんですから、この中に片足をずぶっ！　アチアチアチアチアチ……。

「てめえ、こんなとこに鍋を置きやがったな！」

「……あなたね、なべ、こういうことすんの？」

「なっ、この野郎、洒落てやんな、まぬけ！」

「あ、イテッ！　あなた、別に毆んなくたっていいでしょ」

「何を！」

「あ、イテッ！」

「あいすいませんでございます。どうぞお許しの程を。お怪我はございませんか。大変な粗相《そそう》をして申し訳がございません。とにかく慣れないもんでございますので、後でよく小言を言っておきます。今日の所はひとつ、ご勘弁の程を」

「気をつけろい！」

「あいすいません」


「……ばか。まぬけ。どじ。かんぷらちんき。なんてことを言うんだよ。相手は客じゃねえか。どんなことを言われたってご無理ごもっともってんだ、頭下げてなくちゃいけねえんじゃねえか。それをこっちで聞いてりゃ、なべそんなことをしたって。洒落てやがる。殴られるのは当たり前だよ、ほんとに。客の注文か？」

「そうなんです」

「急いでんのかい？」

「とにかく気の短いお客様でしてね、ええ。幕が閉まったらすぐに持ってこい！　って言われてたもんですからね。なるたけ早く持ってこうと思ってここ置いて待ってて、こんなことになっちゃった」

「間抜けな野郎だな。急いでんだな。……持ってって食わしちゃえよ」

「あなたね、簡単に食わしちゃえよと仰いますがね、足が入っちゃった」

「一本じゃねえか」

「あのねえ、蛸の足じゃねえんだよ、あなた」

「一本いいじゃねえか。これがお前、鍋がひっくり返っちゃったんならどうにもしょうがないよ。けどお前、鍋の蓋ひょっと上へ上がっただけじゃねえか。まっすぐにこうやってすりゃ、大丈夫だってんだよ。また注文のし直しなんぞしてみなよ、遅くなったってんでガリ食うのはお前なんだよ。わからないってんだよ、客がここで見てた訳じゃねえんだから。よく昔から言うだろ。知らぬが仏、見ぬこと清しってんだよ。わかんねえから持ってって食わしちゃえよ」

「なるほどその通りだ。へえ、へえへえ。客がここで見てた訳じゃあねえ。あのね、遅くなるっていうとまたあたしが怒られますから、うん。また殴られちゃつまんねえ。じゃ、あの、早速持ってって食べさしちゃいますから。ええ。どうもすいませんでした。どうもすんません。じゃ、ええ、ちょいと置いてきますから」

「なるほどね。だてに歳食ってる訳じゃねえんだね。うまいことを言うね。知らぬが仏、見ぬこと清し。なるほどその通りだよな。客があそこで見てた訳じゃねえんだからな。わかる訳がねえ。えー、お待ちどうさまでございました」

「何をしてんだよ、お前は！　だからそう言ったろう、幕が閉まったらすぐに持って来いってんで、口が酸っぱくなる程そう言ったじゃねえか。幕が開いちまうよ、ぐず、ぐず。やっと持ってきましたよ、気のなげえ野郎で。……けどな、小言は小言。褒める所は褒めようじゃねえか。偉いな、冷めねえようにってんで、鍋で持ってきた所は感心だな」

「……鍋で良かった。お椀だと、ぐしゃっ」

「なんだ？」

「いえいえいえ、なんでもねえ。知らぬが仏、見ぬこと清し。どうぞ」

「なーにを言ってやがる。やっちゃいましょう。いえ、こういうとこですからね、決して美味いものを食べようってんじゃないんですよ。うん、あのね、美味しいものは芝居が跳ねて外へ出て、あらためて食べなおすということにして。これはそれまでにちょいとお腹の中にね、つなぎでもって入れておきゃいいんですから。鍋物は熱いうちが身上ですからね。じゃあ、あたくしがちょいと先にお毒見をさして頂いて、ええ。どういうものを食べさせるか、そりゃあ美味いものを食べようってほうが無理なんですからね、ええ、どういうものを食べさせるかそれだけが楽しみなんでね。……オツなものを持ってきましたよ。くずし豆腐、ええ。……魚も崩れてますな。くずし魚っていうのはあんまり聞いたことがないんですけどね。ま、とにかくね、どういうものを食べさせるか、ちょいとお腹の中に入れときゃいいんですから。じゃ、ちょいと、先にお毒見をさせて頂いて、ええ。……おやんなさい、いい味が出てますよこれは。うん、これだけのもんだったら、うん、これはいい味だ。時々じゃりじゃりって言いますけどなんかね。いえいえ。あなたの前ですけどあたくしはね、はふはふ、むぐむぐ、あの、これ……、たまにはその、はふはふ、いや、むぐむぐ……。ん、豆腐が固い。嚙み切れない豆腐ってのは珍しいですすな」

若い衆が誤魔化して食べさせていると、最前の男がこの後ろににゅうっと立ったもんですから、驚いたのはこの芝居小屋の若い衆。

「あなたね、今お客さんに食べさしてる。今あなたにここに来られると困る。

すいません、もうちょっと向こうに行っててください」

「何言ってんやがんでえ。俺は忘れ物を取りに来たんだい」

「あなた、何忘れたんです？」

「鍋の中に草履かたっぽ忘れちまったんだ」

噺のはなし——鍋草履

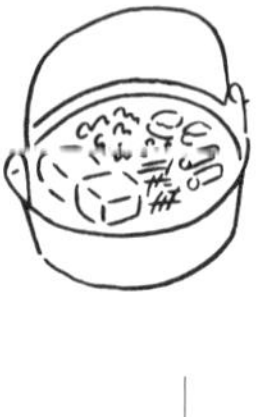

古典は本を読んで面白いと思ったものをやるか、師匠の噺を聞いて、こっちからお願いしてもらうかです。『鍋草履』は、春風亭の先生（六代目柳橋《りゅうきょう》）に頂きました。

春風亭の先生は、昭和五年に日本芸術協会（落語芸術協会の前身）ができた時の会長で、あたしにとってはおそれ多い存在、お稽古をつけて頂くどころか、最初の頃は口もきいてもらえないような関係です。どうしても欲しかったけれど、直接は言い出しにくい。それである日、楽屋でこんなふうに声をかけました。「先生、『鍋草履』はレコードには入れてないんですか」。

そうお尋ねしたら、「いや入れてないぞ」と先生が言う。「なんだ」「いい噺だと思いまして」「やりてえのか」というやりとりがあって、その日はそれっきり。でも翌日になって、「ＮＨＫに音があるぞ」と教えてくれたんです。

「あるぞ」ということはやってもいいってことだと解釈して、ＮＨＫのプロデューサーさんに頼んでテープをダビングしてもらいました。カセットなんてない、オープンリールの時代です。その後、先生に「テープを頂きました」と言いに行ったら、「うん、そうか」って。それでおしまいです。以来、やらせて頂いています。

『鍋草履』は一九八四年の紀伊國屋寄席に初出演した時にやりました。噺自体は短いですが、枕で時間を調整して、自分で按配をみながらやることができる。春風亭の先生も「逃げ」（高座を短めに済ますこと）の時、やられてましたね。

先生はよく、「汚い噺ほど綺麗にやれ、さらっと終われ」と仰っていました。

紙入れ

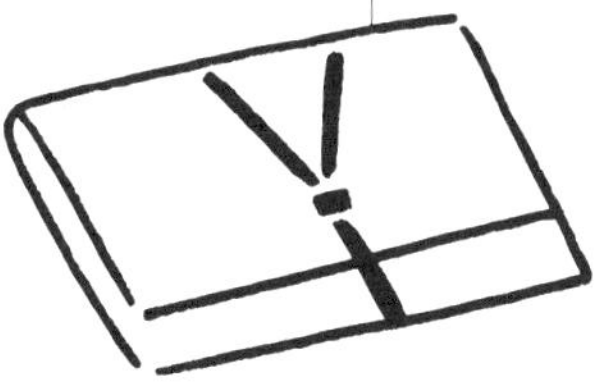

皆様、本日はお越しくださって、誠にありがとうございます。

今年の正月から肺炎で入退院を繰り返しておりまして、いやはや、ハイエンな騒ぎになりました。……あんまりうまい洒落じゃないですな、こういうのは黄色いラーメン屋が言うような駄洒落でした。

肺炎はよくなったが、呼吸器が悪い。空気がうまく吸えなくて息苦しくなって、お医者様に言わせると、これは、高山病《こうざん》のようなものなんだそうです。近くの方には大変お見苦しいですが、鼻から何か出ております が、水っ洟じゃございません。酸素をここから吸っている訳です。噺をする時は口呼吸なんで、ちょっとやりづらい。ですから、鼻からちゃんと酸素を吸っておりませんと、機械がピッピッとやかましく言いますが、これは決して非常事態ではありませんので。

入院のせいもあって、あたくし、足の筋肉がまるでなくなってしまいました。まあ、それ以前もなかったんですが、あるのはスジと皮。安いおでんみたいなもんです。

お見苦しくて、今日も代演をと声をかけましたが、福山雅治《まさはる》も木村拓哉も、稀勢《きせ》の里も都合が悪いっていうもんで。たった一人トランプは大丈夫だったんですが、この会場に壁を作られたらまずいってんで辞退してもらいました。ひとつ、皆様にはいろいろ内緒にして頂いて……。

病院は退屈な所ですね。何もないんですから。パチンコ屋もなければ、映画館もない。病人と老人がいるだけ。

でも、ひとつ、得をしたことがございます。ふだんは見られないテレビを見られたことです。今、ラジオでもテレビでも川柳《せんりゅう》の時間があります。伺いましたら大変な川柳ブームという。こないだもラジオで傑作なものがありました。

「貧乏の　似合う女に　誰がした」

シルバー川柳というものもあるそうです。

「老人会　歌って踊って　救急車」

たぶんこれは、体験者の方の作品ではないかと。

すごいと思ったのは、北海道の川柳ですが、あそこはメロンが途轍《とてつ》もなく高い値段なんですよね。

「きゅうり食べ　砂糖なめれば　メロンなり」

随分しみったれた人がいるもんだと感心した次第です。

噺家というものは、枕で今日のお客様がどんな方か、勘が鋭いかそうでないか、様子を見ながら噺をして参ります。今日のお客様のように、勘の鋭い方は反応が早い訳です。鈍い方は会場では笑わず、家でお笑いになります。

そんな訳で最近、家にある古い川柳の本に目を通していましたら、題材に歌われているもので一番多いのが、……まあ、上品なお客様の前でこのような下品なことを申し上げるのは失礼ではございますが、川柳の中で一番多く題材に取り上げられているものに「間男《まおとこ》」というやつがございます。

「間男」、つまり姦通でございます。別に、カンツウたって、トンネルを掘り上げるという訳ではございません。大昔の話でございます。おかみさんがご亭主以外の方と関係を持つ、これが一番多く川柳には歌われておりまして、間男とはその相手のことをいう訳です。

「町内で　知らぬは　亭主ばかりなり」

これは世界的に有名な姦通の川柳ですね。なかには意味深なのがございます。

「間男と　亭主抜き身と　抜き身なり」

まあ、本来でございますと、このまま次へすっと移るんですが、今日は特別に、歌の意味をこと克明に説明してみたいと思います。

「間男と　亭主抜き身と　抜き身なり」――今も申します通り、昔おかみさんがご亭主以外の男と関係を持っている。そこへご亭主が踏み込んで参りまして、「間男見つけた！　重ねておいて四つにする」と、長いやつをギフリ引っこ抜いて、つまり抜き身を下げている訳でございます。間男のほうも出し抜けですから、何か抜き身をぶら下げているらしいんです。……まあこれ以上詳しくは申し上げられません。

しかしまあ、たってお聞きになりたい方がいらっしゃったら、のちほど楽屋のほうに来て頂きますと、ハネてから別料金でしみじみご説明申し上げても結構でございますが。

さて、「間男は　亭主のほうが　先に惚れ」なんというのがありまして……。

「おっかあ！　こいつは俺が面倒見てる。年は若いけれども気がきくんだ。お前もこれからこいつをひとつ、可愛がってくれよ」

ご亭主にこう言われて、おかみさんが悪く誤解して、変に可愛がっちゃったなんていう、昔は随分こういうことが数多くあったといいますが。

「ねえ、シンさん。お前さん何かい、あたしの手紙、読んでくれたかい」

「あのう、手紙を読んだから、伺ったような訳なんですが。実は今日はおかみさんに、折り入ってお話ししたいことがある」

「この人は他人行儀だねえ。おまいとあたしの仲じゃないか。なんだい、その折り入ってお話ししたいというのは。……わかってますよ、またお小遣いが足りないかなんか、言いたいんだろ」

「そうじゃないんですよ。実は、あたしとおかみさんとがこういうことになっちゃってる、これが世間の人に知れたらどうしよう、そう思うと、近頃夜もろくろく寝てらんない」

「この人は、男のくせに気が小さいねえ。シンさん、おまいさん、あたしとこうなっていることを世間の人に知れたらどうしようって、誰かに喋るかい。喋りゃしないだろ。あたしだって言いやしませんよ。あんまり世間様から褒められるようなことしている訳じゃないんだもの。こういうことをしたからって、お上から紫綬褒章《しじゅほうしょう》を貰える訳でもありませんよ。ええ？　女中のほうは大丈夫だよ。こういうものでこういうことになってるんだもの。お前は言わない、あたしは喋らない。知れる訳がない。大丈夫だよ、安心をおしよ」

「知れなきゃ大丈夫だって言われちゃうと、それまでなんですけれども。ただ、普段可愛がってもらっている旦那の顔に、泥を塗っているような気がして」

「おまいさんがそんなに気をつかうことはないの。いいえ、うちの人だって、外に出たら適当に羽を伸ばしてますよ。あたしは知ってるよ。知ってるけれどもこれっぽっちも言ったことはないんだから。大丈夫だよ。安心をおしよ」

「でも、近頃あっし、旦那の顔がまともに見らんなくなってきちゃった」

「なんだい、この人は。二言目には、旦那旦那って旦那を盾《たて》にとってさ。わかった。シンさん、おまいさん、本当はそうじゃないね。他にいいのができたんだろ。で、あたしみたいなおばあさんはジャマになるからポイ。お前さんがその気ならその気でいいよ。あたしにだって覚悟があるからね。今までのこと、全部うちの人に喋っちゃうから。あたしが嫌だ嫌だというのに、シンさんが無理に押さえつけて」

「そんなこと言われたら、エライことになる」

「馬鹿だね、この人は、言いやしませんよ。いいかいシンさん、よーくお聞き。あたしだって、こういうことをずっと続けていこうっていうんじゃないんだ。お前に本当に好きな人ができた時は、熨斗《のし》をつけて綺麗に別れてあげる。それまでのことなんだからさあ」

「……」

「お前さん、鰻《うなぎ》が好きだったね。奥に支度がしてあるんだよ」

「……」

「そんなに離れてないでさあー。もっとこっちにお寄りよシンさん、はああああん」

「よく聞けば　猫の水飲む　音でなし」というのがございまして、これは説明しにくうございますので、説明ナシで参ります。ですからお気づきにならない方はおいて参りますので、そのお覚悟で。

最初のうちは二人でゴタゴタ言ってたんですが、しばらく経ちますと含み笑いになりまして、いよいよここからクライマックスという時に、

「おーい、今、帰《けえ》ってきたよ。帰らないつもりだったんだが、用が早く済んだんで帰ってきた。あたしだ。開けとくれよ」

「おかみさん、大変です！　旦那がお帰りになりました。ほーら言わないこっちゃない。だからあたしはここに来るのが嫌だって言ったんだ」

「シンさんは、なんで同じ所をぐるぐる回っているんですよ。糞詰まりのチンじゃあるまいし。……柱に登ってどこへ行こうってのおまいさんは。そっちへ行ったってダメだよ。馬鹿だね、こっちへ行くんだよ。大丈夫だよ、後であたしが話をするからね」

こうなりますすと、男よりも女のほうが図々しく、いや、ずうっと落ち着いて参ります。男をうまーく逃がしておいて、さほど立て付けの悪い家でもないのに、わざとはばかりの戸をギイー、バターンと外に聞かせておいて、つまり今まではばかりに入っていたという装いでございます。これもすっと開けることのできる表の戸を、ガチャガチャガチャガチャ、掛け金の音を外に

聞かせておいてから、

「お帰りなさいまし。いいえ、お帰りがないと聞いておりましたから、ちょっと頭が痛かったもんですから横になっておりまして。いいえ、もう大丈夫です。お飲みになるんでしょ。ただいまお支度をしますから」

「はあはあ。ああ、びっくりした。ああ、驚いた。よかったよ、見つからねえで。あんまりいい格好じゃないよ、猿股一枚で着物を小脇に抱え込んで、新吉《しんきち》！　そこでお前何やってるんだ、はい、借り物競走の練習ですなんて馬鹿なこと言えないよ。今日はよっぽど行くのよそうと思ったんだ。虫が知らしたんだね。いや、考えてみると、昨日今日虫が知らせたんじゃあない。だいぶ前から虫が知らせてた。こないだ友達にも言われたよ、新吉、バカに顔色が悪いな。ヘンなことに首突っ込んでるんじゃないのか、寿命縮めるぞって。あの時から虫が知らしてたんだ。なるほど悪いことはできねえ。やめた。

ああ、やめた。きっぱり踏ん切りがついた。ああ驚いた。やめたやめた。本当に寿命縮める。さ、諦めたとなれば家帰って寝よ。忘れ物はねえだろうな、煙草入れは持ってきたと。紙入れは……。

はっ！　しまった！　紙入れ、あそこの家の火鉢の横へ置いてきちゃったよ、おい！　あの紙入れはあの旦那から貰った紙入れ。めっかっちゃったら、留守に誰が来たかが一目瞭然。しまった、手紙が入ってんだよ。『今日うちの人が帰ってこないから泊まりにいらっしゃい』とかなんとか。

さあ、大変だ。今のうちに逃げちゃおうかな。今から逃げだしゃ、明日中には太平洋横断できるもんな。

いや、紙入れがめっかったって決まった訳じゃねえ。見つかんねえのに、逃げちゃっちゃ馬鹿馬鹿しいよなあ。何か調べる方法は……。そうだ！　明日の朝早くにあそこの家に行ってみよ。『おはようございます』、『なんだ、てめえ、新吉か、図々しいにも程がある！』、『ごめんなさーい！』ってそれから逃げたって東京湾は横断できるもんな」

黙って逃げちゃ、卑怯《ひきょう》だ。たとえ、一言でも「ごめんなさい」って謝ったほうが改心の情が見られる。情状酌量の余地がある。運がよければ、執行猶予がつく。もっと運がよければ無罪になる。俺の考えは正しい ぞって、正しくもなんともありゃしませんが。

さあ、家に帰って参りまして、布団に入ったのですが、これは寝られるもんじゃございませんでして。うとうとっとしたかと思うと、お閻魔《えんま》様に血の池地獄かなんかにぱーっと叩き込まれる夢を見る。ぱっと目が覚めて、

「はあ、びっくりした。はあ。……寝らんねえなあ。寝たいんだけど、寝らんねえや。どうしてこんなことになっちゃったんだろう。そうだ、ありゃ去年の七月だよなあ。おかみさんが夏風邪引いて寝込んだって耳にしたんだよ。俺の商売が貸本屋って商売だから、しょっちゅう旦那に注文受けちゃあ、あそこの家に届けてる。そういう義理があるもんだから、おかみさんの所にち

ょいと見舞いに行ったんだ。そしたら、おかみさん一人で寝ている所に行っちゃって。

『ねえ、シンさーん。あたしもただこうしてぼーっと寝てるのは退屈で仕方ないんだよ。あたしにも何か本持ってきておくれよ。あたしゃうちの人みたいにあんな剣豪ものとか武張《ぶば》ったものはいやだよ。あんまり筋《すじ》がない本で、読んですぐわかるようなものがいいよ。川上宗薫《そうくん》とか宇能鴻一郎《うのこういちろう》とか……、わかってんね』

ちょうどあの時、間の悪いことに、人に内緒の本が一冊あったんだよな。実はおかみさん、こういう本がありますがって。おかみさんがそれを見て、『いやだよシンさん、こんな本をあたしに見せて、馬鹿にするにも程がありますよ』って、俺はぶつけんのかと思ったら、布団の下にしまっちゃった。そのうちに雨が降ってきやがった。ざあーっ、しばらく立ったら、ピカッ、ガラガラガラガラーと。

そしたらおかみさんが、『シンさん、雷様が鳴って怖いから、蚊帳《かや》、吊《つ》っとくれ』。随分古風なことをするなと思ったけど、おかみさんの頼みだから蚊帳を引っ張り出して吊ったんだ。そしたらおかみさん、中に飛び込んで、クワバラクワバラなんか唱えてる。こっちだって薄気味悪いから、部屋の隅のほうにいたら、おかみさんが蚊帳の中から『ねえ、シンさん、そんな所にいて雷様にお臍《へそ》をとられるといけないから、お前もこっちにお入りなさいよ』って言う。こっちだって気分が悪いから中に入ってった。しばらくおかみさんの顔を見てた。おかみさんも俺の顔をじいっと見て『シンさん、二人でにらめっこしててもつまんないから、お相撲とろうか』と言う。『指相撲ですか』って言ったら、そうじゃないと言う。お前さんが十両で、あたしが大関だよって。そんな訳のわかんない話はねえって言ったんだよ。なんでおかみさんが大関で、男のあたしが十両なんですって聞いたらば、あたしのほうが腰の使い方慣れてるから、とうまいこと言いやがったんだよね。ハッケヨイノコッタってやってるうちに、浴びせ倒しで負けちゃったんだよなあ。決まり手が悪かったねえ、あれは。おかみさんの体が俺の体の上にばっとのっかってきて、重いから外そうかなと思ったけれど、鬢付《びんつ》けの匂いがぷうんとして、思わず知らず俺のこの手がおかみさんの……へっへっ、中へすうっと、へへ、おかみさんの手が俺の、へっへへ、中へ……、寝らんねえな」

寝られる訳はございません。一晩中、悶々《もんもん》としておりました。

やがて烏《からす》かあーで夜が明ける。三々五々人が出盛るようになってから、新吉は旦那の家の前までやって来たんです。入れるもんじゃあございませんでした。敷居《しきい》が高うございます。ましてや入るきっかけなんて、これっぽっちもないんですから。家の前を行ったり来たり、行ったり来たりしておりまして……。

「誰だい、さっきから家の前を行ったり来たりしてるのは。めまっくるしいなあ。入るならすっと入っておくれよ。おい、誰なんだい」

「……お早うございます」

「新吉じゃねえか。こっちへ入れよ、こっちへ入れよ！　おう。後を閉めろい！」

「開けさせといてください。駆け出しにいいですから」

「何言ってんだい。なんだよ、そこへ座れ。……新吉！　おめえそんなこっちゃ、しゃあねえじゃねえか！」

「ごめんなさい！　二度としませんから勘弁してください！」

「俺の頼んだ宮本武蔵の本はどうなったんだよ。巌流島《がんりゅうじま》で佐々木巌流とチャンチャンバラバラ。どうなったんだ、あの本は！」

「……本ですか？」

「本ですかって、忘れちまったのかい。商売っ気のない野郎だな。あのなあ、年とともにだんだんだんだん、もの忘れが激しくなってくるんだよ。はええところ続きを読ませてくれねえってなると、前の筋をみんな忘れちまうんだよ。今日持ってくるか、明日持ってくるかと思って、いまかいまかで待ってるんじゃねえか、ったく。いつまでたっても持ってきやしねえ。商売っ気のねえ野郎だ。しっかりしろ」

「……へえ」

「どしたい、バカに顔の色が悪いじゃねえか。体の具合でも悪いのかい」

「丈夫です」

「商売のけつまずきか」

「順調です」

「おかしいじゃねえか。なぜってさ、体が丈夫で商売が順調で、おめえは人をしくじる程酒を飲む訳じゃなし、勝負事に手を出す訳じゃなし。あと、残っているのはなんなんだい。

ああ！　無理はねえ、無理はねえ。その男っぷりでなりが小奇麗で、金遣いが綺麗ときてるんだ。女がほっとく訳はねえやな。どんな女ができたんだい。言ってみなよ。飲み屋の女かなんかといい仲になったのか？　そうじゃありません？　まさかおめえがモリッコに惚れる訳はねえよな。わかった、いよいよ年貢《ねんぐ》の納め時、俺に高砂《たかさご》やかなんかを頼みにきたとこういう訳だ。そうじゃありません？　この野郎、はっきりしねえ野郎だな。はっきりこれこれこういう女だって、……新吉、俺はおめえに一言、言っておくけどな、いいか、主《ぬし》あるものには手を出すなよ、おい。おめえはいいかわかんねえけど、相手がかわいそうだ。こういうもんは、え？　手遅れです？　できちゃったのか。しょうがねえ野郎だな、相手はどこのかみさんだ？」

「お宅のかみさ、いやいや。お、お、お尋ねでございますから、お答えいたしますが」

「なんだ、変な言い方だねえ、おい。え？　ふだん、可愛がってもらっている旦那のかみさん？　へへん、よくあるってやつだよな。情にほだされたりなんかして、うん。で、どしたい？」

「へえ、実は、そのおかみさんから手紙を貰いまして、今日うちの人が帰ってこないから、泊まりに来いっていう手紙を貰ったんです」

「で、何かい。お前がいい間《ま》のふりして、のこのこ出かけていったと、こういう訳か。ふうん、で、どしたい？」

「で、あのぉ、帰ってこないって言ってた旦那が……。途中で急に帰ってきちゃったんでです」

「馬鹿だねえ、おい。おめえだってそういう危ねえ橋を渡ろうって時には、よーく下調べをしてから出かけるもんだ。じゃ何か、その旦那にめっかっちまったのか？」

「見ましたか？」

「え、なんだいその、見ましたかってのは、おい。俺が聞いてんだよ」

「いえ、その、うまく逃げたんでございますが、あんまり慌てて逃げたもんですから、そこの家に紙入れを忘れてきちゃって。旦那から頂いた紙入れなんです。その紙入れの中には、そのおかみさんから貰った手紙が入ってんで」

「馬鹿だね、おい。そういうものを貰って読んじまったら、破いて捨てちまうとか焼いちまうとか、どっちかにするんだよ。じゃ何か、その手紙を読まれたのか？」

「読みました？」

「この野郎、いちいち話はぐらかしてやんな。俺のほうが聞いているってのに、ああでもないこうでもないって言いやがって。

……何？　客じゃあねえんだよ。いやあ、新吉が来たんだよ、朝早くからな。うんそうだ、おめえもこっちに来なよ、面白い話を持ってきたんだ、こいつが。女ができたんだってさ。普段可愛がってもらってる旦那のかみさんといい仲になったんだと。そのかみさんから手紙を貰ったんだと。今日うちの人が帰ってこないから泊まりにいらっしゃいだなんて、野郎、いい間のふりしてノコノコ出かけていったら、途中でその旦那が帰《けえ》ってきたってんだよ。慌てて逃げる弾《はず》みにな、ほら、お前も知ってるだろ、俺がこいつにやった紙入れ、そこの家に忘れてきたんだと。で、その紙入れには、そのかみさんから貰った手紙が入ってるんだ。野郎、ばれたんじゃねえか読まれたんじゃねえかって、青くなってガタガタガタガタ震えてやんだよ」

「シンさん、この人は朝っぱらからくだらない話を持ってきてさあ。何を言ってんだよ。いいかい、亭主の留守にお前のような若い男を引っ張り込んで、おいしいことをしようっていう女じゃないか、あたしはそこに抜かりはないと思うよ。お前さんならお前さんを逃がしておいて、すぐに表の戸を開けると思うかい？　あたしゃそうは思わないね。元の部屋にとってかえして、何か忘れ物はないかとよーく見回して、そんな大事なものがあったら命取りじゃないか。しまっておいてさ、後でそーっとシンさんに返すと思うよ。ねえ、お前さん」

「そうだとも。よしんばそこに紙入れがあったって、カカア寝取られるような亭主じゃねえか、そこまでは気がつかねえだろう」

噺のはなし――紙入れ

いわゆる間男（不倫）もので人気のある噺です。まわりでも『紙入れ』を得意にする噺家さんが多くて、寄席のトリでやろうとこっちが思っていても、誰かが前の出番でやってしまい、結局こっちはやらずじまいということがよくありました。

貸本屋の新吉が出入り先の主人のおかみさんと懇《ねんご》ろになり、急な主人の帰宅に大騒ぎをする噺。おかみさんの如才なさ、賢さ、迫力がありますね。

『紙入れ』は、三遊亭圓遊さんに、別の噺の稽古をつけたお返しに教わった噺です。こちらもネタ交換ですね。あげたネタは忘れちゃったけれど。

『紙入れ』は、本当にもらってよかった。あっさりやれば、浅い出番でもできるし、新吉とおかみさんの逢引をじっくりやれば、トリでも通用する。

男女の噺は色っぽく艶っぽくといいますが、自分はしっとりした雰囲気を出せればいいと思ってやっています。さらりとやって、時々どきりとさせる、こんな按配がちょうどいいですね。

三遊亭円楽さんからは、「歌丸さんの古典は、発掘して、いったんバラバラにして、組み直して、新作をこさえるのと同じようなもんですね」と言われたことがあります。誰もやらないような昔の噺を自分なりに化粧直しをするのは、たしかに手間も時間もかかります。でも、誰もやらない噺には、時代に合わないとか、わかりづらいとかそれなりに理由があって、そこを手直ししないと、結局喜ばれないんです。

もったいないと迷う場合もあるけれど、思い切って捨てるとぐっとよくなったりもする。どっちにしても、古典の手直しは噺をひとつこさえるようなものですね。

壺算

お運びで御礼を申し上げます。どうぞ、一席お付き合いをお願いいたします。

昔から無病息災という言葉がございますけども、これはあたくしは間違いだと思います。本当の言葉というのは、あたくしは一病息災というのが本当の言葉ではないかと思っております。人間どこか体の具合が悪いと、それをかばって大事にいたしまして、まあ病院へ行ったり、先生に診《み》てもらったりいたしますんで。

実は、あたくしはもう三十年ぐらい前から腰痛で苦しんでおりまして。道を歩いていると足が痛み、痺れ、歩けなくなっちゃうんですね。それで五分か十分休んでおりますと、治ってきますからまた歩きだすという暮らしを繰り返しておりましたが、どうにも我慢ができなくなりまして、何年か前に整形外科の先生と相談をして、簡単な手術をして頂きました。半年くらいはよかったんですが、また具合が悪くなってきて、驚いたのはある年の暮れのことでした。

　寄席で喋ってたんです。そうしたら落語喋ってる最中に、足が攣《つ》っちゃったんですね。足が攣るってのは痛いですねえ、首を吊るより痛いですよ。これはもうダメだと思って再び同じ病院へ入院をして、同じ先生に今度は大々的な手術をして頂きました。ですから今、あたくしの腰には、八本のボルトが入ってます。耐震強化建設ができあがった訳でございますが。

　しかし、ご経験者もいらっしゃると思いますが、病院ってのは退屈なとこですねえ。良くなればなる程、退屈です。病人しかいません。他には、なんにもない。パチンコ屋もなければ、映画館もない。ですからあたくしはあの当時、病院のベッドで寝ながら随分いろいろなことを考えました。これからの日本の経済はどうなるだろう、結論出しました。日本の経済より、自分の家の経済のほうが大事だということ。ただ、ぼーっと寝ていても退屈でしょうがないからというので、師匠先輩連中のビデオを見ましたり、あるいはカセットテープを聞きました。

実はこの時に気がついたんですけれども、手術をしてすぐの時には志ん生師匠の落語は、駄目ですね。おかしいから笑っちゃうんですね。笑うと傷が痛んで痛んで。ですから手術をした時に聞く落語というのは圓生師匠の人情話が一番いいですね。で、傷が良くなってきたら志ん生師匠の落語を聞いて、大いに笑う。ですから、あたくしの体の目安は先輩連中の落語ということになってます。

落語のことについても、病院のベッドで寝ながら随分考えました。あんまりまともなネタというのは、あたくしたちのほうでは取り扱いません。江戸っ子なんというのがたいがいこの主役を務めております。これがお芝居のほうの江戸っ子ですとか、あるいは小説の江戸っ子と言いますと、大変に義侠心に富んでいて、弱きをくじき、ああ弱きをくじいちゃっちゃいけない。……すいません、疲れてますんで。お客様方の前であんまり大きい声じゃ言えません。といって、小さい声じゃ聞こえませんから、普通の声で申し上げますが、本当は弱いほうがくじきいいことはくじきいいんです。強いほうがくじきにくいんですけども。

まあそれでは具合が悪いと言うので建前上、強きをくじき弱きを助けというとになってますが、どうも我々落語のほうにはそんなまともな江戸っ子というのは出て参りませんでして。

「どしたい？　お前さん、たっつぁんの家へ行ってきたかい？」

「行ってきた、驚いたぞ」

「何が？」

「行ったらな、あそこの子供がわあわあ泣いてるんだよ。で、どうしたんだっておみっつぁんに聞いたんだよ。そうしたらな、ここの所たつの野郎が体の具合を悪くして、ずーっと仕事に行ってねえんだとよ。子供の泣いてる訳を聞いたら、米の飯が食いてえ米の飯が食いてえって泣いてるんだよ。米が買えねえからってんでおめえ、芋を食わしてるってんだ、冗談じゃねえやなあ。芋なんざ江戸っ子の食うもんじゃねえ、あれはドジ棒ってくれえのもんだから。おめえな、子供がかわいそうだ。たつん所へおまんま持ってってやれ。はよはよ、早く持ってってやれ、おいおいおい、おい。そのお鉢からどんぶりによそいなおすなんてセコなことするない。お鉢ごと抱えて持ってってやれ、女の春藤玄蕃《しゅんどうげんば》になるんだよ」

「……どうした？　行ってきたかい？」

「行って来たよ。おみっつぁん喜んでたよ。ありがたいありがたいって。涙こぼして喜んでたよ」

「そうかい、良いことしたな。おう、俺も駆けずり回って腹減った。飯を食おう」

「……飯を食おうたって、いまたっつぁんとこ、ご飯持ってっちゃったよ」

「炊きゃあいいじゃねえか」

「お米がないの」

「買ってこいよ！」

「御足がないの！」

「じゃあ芋を食おう」

なんて言うんでね。まあだらしのない江戸っ子が、みんな我々のほうの主役でございますが。

「徳さんこんちわー、徳さんこんちわー」

「おう、ははあ、お前か。しばらく鼻の頭見せなかったな」

「どうも。ご無沙汰しまして申し訳ありません。いいえ、ご無沙汰したのにもちょっと訳があるんですよ。ええ、引っ越しをしましてね」

「引っ越しをしたのか」

「そうなんですよ、前の家があんまり狭いもんですから、広ーい家へ引っ越しをしました」

「豪儀《ごうぎ》なはなしだな。で、何かい、前の家ってのはそんなに狭かったのか?」

「狭かったんす。とにかく畳の数が四畳と五畳しかなかったんすから」

「随分、半端な家だな、おい。なんだいその四畳に五畳ってのは。今度は広くなったのか?」

「広くなりました。四畳半と六畳ですから」

「大して変わらねえと思うんだがな。挨拶回りか?」

「そうじゃないんすよ、実は徳さんにちょっとお願いがあって来たんす」

「なんだい?」

「今も言う通り引っ越しをしたばかりですから、家ん中じゅう散らかり放題散らかってんですよ。で、今朝もかみさんから『お前さん、台所が散らかってたら働きにくくてしょうがないよ、片付けとくれ』って言われたもんですから、ハイ!って返事をして」

「おめえ何かい、てめえのかみさんに用言いつけられたら、ハイ!って返事するのか?」

「返事が悪いとひどい目に遭わされるんす。名前は富士子って言うんですから。頭の毛でも毟《むし》られたらえらいことになりますから。あたしが一生懸命台所を片付けてた。で、水がめをどかそうと思って、ふんっと持ち上げる途端に手がつるっと滑って、横に倒しちゃった。で、倒れる途端にこれが真っ二つに割れちゃったんす。徳さんの前ですけど、水がめってのは二つに割れちゃうとなーんの役にも立たない。そしたらかみさんが『お前さん、台所に水がめがないと具合が悪いよ。ちょいと行って買ってきておくれ』って言うもんですから、ハイ！って返事をして家を出ようと思ったら、『お待ちー！一人で行っちゃいけないよ！　お前さんは昔から買い物の下手な人なんだから。安いものを高く買ってくんのがお前さんなんだから。決して一人で行っちゃいけない。徳さんに頼んで一緒に行ってもらいな。あの人は昔っから買い物の上手な人だ。それに人間がこすっからくて図々しいから。一緒に行ってもらいな』って言われたもんですから頼みに来たんです。徳さんすいませんけど水がめ買いに一緒に行ってくだはい」

「……話はわかった。おめえんとこのかみさんが俺のことなんだってんだい？」

「徳さんは昔から買い物が上手だってんだ」

「そこはいいんだよ。その後だよ！」

「あの人は人間がこすっからい……。人間が図々し……、徳さんそこにいたの？」

「誰と喋ってんだおめえは。まあ、普通の人間に言われりゃあ腹も立つけれども、おめえみてえな結構人《けっこうじん》に言われたんじゃ腹も立たねえや。水がめ買いに行くのか、ようしわかった。こっちは今暇を持て余してる所だ。付き合ってやろうじゃねえか。おう、他におめえんとこのかみさん何か言わなかったか？」

「肝心なことを忘れてました。今まで家で使ってた水がめというのは、一荷《いっか》入りの小さいやつ使ってたの。どうせ買い替えるんだったら倍入る二荷入りの大きいほう買ってこいって言われました」

「今まで使ってたのが一荷入りの小せえやつ。買い替えるんで倍入る二荷入りの大きいやつか。ようしわかった。ん、おめえに聞いておくが、瀬戸物屋に馴染みの家なんてのはあるのか？」

「いえそんな家ありません」

「だったらな、この買い物は一から十までこの俺に任せろよ。いいか、おめえは余計な口出しすんな、わかったな。よし、わかったらな、そこに天秤が立てかけてある。ちょいと担《かつ》いでけ」

「天秤棒を？」

「そうだよ。水がめなんてものを買う時には、こっちから天秤持ってくのがうめえ買いものをするコツだ。持ったか？　ようし、じゃ、出かけようじゃねえか」

「徳さん、今日はお忙しい所お買い物を手伝って頂いて、なんとも申し訳がありません」

「今さら世辞言ったって間に合わねえんだよ。待ちな。どこの店でもいいから飛び込んで買い物すりゃあいいってんじゃねえんだ。ずらーっと瀬戸物屋が軒を並べてら。人のよさそうな野郎のいるとこで買い物しようじゃねえか、なあ。店ん中ずーっと見回して、どっかこう人のよさそうなやつのいる店、……あの店ん中覗いてみろ、主だか番頭だか知らねえけれども、往来のほうを見てにーやにーやにやにや笑ってやがる、おい。愛嬌がありすぎんね、ありゃどうも。あそこでもって買い物しようじゃねえか。ついてきな。おっ！ごめんよ！」

「いらっしゃいまし。えー、毎度ありがとう存じます」

「おめえの所に水がめはあるかな」

「ありがとう存じます。水がめでございましたらそこにずらーっと揃っておりますので、よろしいのをどうぞごゆっくりご覧くださいまし」

「いくらだ？」

「左様でございますが、これだけたくさんあります瀬戸物屋を通り越して、手前どもにおいでくだすったこと、こちらもグッと勉強さして頂いて、これからの御顔つなぎ、いかがでございましょう、小さいほうの水がめを三円五十銭、大きいほうの水がめを倍の七円でひとつお買い上げ願いとう存じますが」

「小せえのが三円五十銭。大きいのが倍の七円か。よしわかった。じゃあ俺はおめえに聞くけどな。俺たちがこれだけある瀬戸物屋を通り越さねえでおめえの所へ来て、おめえのほうも勉強しねえで顔をつながねえで、これいくらだい？」

「……ですから、小さいのが三円五十銭。大きいのが倍の七円」

「おんなしなんじゃねえか、おい。負けねえか」

「そう仰いますが、水がめなんというものは儲けの少ないもんでございますんで、ひとつ、そのお値段で」

「そう言うなよ。実はな、俺のこの面《つら》も立ててもらいてえ。というのが、俺が買い物するんじゃねえんだ。こいつんとこのかみさんに頼まれたんだ。そう言うなっててんだよ。おめえのほうで負けてくれるってえと、俺は長屋に帰ってから連中にそう言うよ。あそこの瀬戸物屋は実にいい瀬戸物屋だ。主は愛嬌があるし、まあ値段は負けてくれるってえと。これから長屋の連中が何か瀬戸物買おうって時にゃ、みーんなおめえの所へ来て買い物するんだ。損して得取れってことがあるじゃねえか。どうだい、この小せえほうの水がめ、三円五十銭、五十銭という半端をスパッと切ってよ、三円で売らねえか？」

「お買い物がお上手でいらっしゃいますな。よろしゅうございます。口あけでございますんで、小さい水がめ、どうぞ三円でお持ちください」

「そうか、三円で売ってくれるか。へへっ、済まねえな」

「徳さん、徳さん！」

「なんだよ」

「小さい水がめじゃない。倍入る大きいほう。俺は小さい水がめを買って帰った日には、かみさんにどんなひどい目に遭わされるかわからない。下手をすると今日が俺の命日になるかわからない。大きい……」

「黙ってろって。そういう余計なことは言うなって。三円で売ってくれるのか。済まねえな。おう、小僧さん済まねえけどな、この小せえ水がめちょいと担ぎいいように、荒縄絡《から》げてくんねえか。頼んだぞ。え？　おう、天秤はこっちで持ってきてるんだ。値段負けてもらって届けてもらったんじゃ申し訳ねえからな。ん、できたか？　おう、済まねえな。じゃ三円だな。じゃ俺はここへ、三円置くぞ」

「どうも、ありがとう存じます」

「天秤倒しなよ。俺が後棒担ぐからおめえが先棒担げって。ぐずぐず言うなってんだい。いいか、そしたら肩入れるぞ、持ち上げるぞ。よっこいしょっと。お世話様、ありがとよ！　どんどん歩きなよ、どんどん歩きなよ」

「歩きなよったって。大きいほうの水がめ……、これ持って帰ったら、息の根止められるかわからん。大きい……」

「いいから黙って歩けってんだよ。しばらく歩いたらぐるっと回れ右しろ。元の瀬戸物屋へ戻っていけ。ついたら下ろすぞ。その下、気をつけろ、いいか。よっこいしょっと。ごめんよ！」

「いらっ……、何かお忘れ物でございますか？」

「うれしいねえ、お忘れ物でございますかなんて所見るとおめえ何かい、俺のこの面覚えててくれたのか？」

「ええ。あのう、水がめ……」

「そう、それだ。間抜けな野郎を連れてきちゃったよ。途中まで行くってえとな、小せえほうじゃなくて大きいほうの水がめだってんだよ、んー。大きいほうはいくらだっけな？」

「大きいほうは小さいほうの倍の……、お買い物がお上手でらっしゃいますなあ。本当はこれ七円なんですがな、小さいやつを三円でお売りいたしましたんで、恐れ入りますが倍の六円で、ひとつお買い上げ願いとう存じますが」

「そうかい、済まねえな。今度埋め合わせをするからな。じゃあ大きいほうは、六円だな」

「左様でございます」

「おめえにちょいと頼みがあるんだ」

「なんでございましょう」

「すこーし値段を引かれたってこっちは文句は言わねえ。長屋の台所に水がめ二つはいらねえんだ。小せえほうの水がめ、引き取ってもらうって訳にはいかねえかな」

「いえいえ、それは存じ上げておりまして。いえ、お値段を引くというようなことはいたしません。いっぺんでもお使いになった訳じゃない。店から運び出してすぐにお戻りになりましたんで、元の三円で引き取らして頂きますんで」

「そうかい済まねえな。今度埋め合わせをするからな。じゃあ、大きいほうは、六円だな」

「左様でございます」

「そこに、俺の置いた三円があるな」

「ええ。ここにございます。まだしまってございませんで」

「で、おめえのほうで、この小せえ水がめを、三円で引き取るんだな」

「左様でございます」

「っと、三円と三円合わして六円だな」

「左様でございます」

「勘定はこれでいいんだな?」

「どうもありがとうございました、どうも。お気をつけてお帰りの程を」

「早く担げってんだよ。笑ってねえで早くしろよ。早く担げ」

「もし！　もし！　お客様、お、恐れ入りますが、ちょっとお戻りの程を」

「なんだい？」

「いやあの、お勘定のことで」

「勘定がどうしたい？」

「いやなんでもございません。あの、大きい水がめは、小さい水がめの、倍の、六円なんでございます」

「聞いて知ってるよ」

「ここに三円ございます」

「ん、それはさっき俺の置いたやつだよ」

「後の三円は、どういうことに？」

「だからさあ、おめえのほうでこの小せえ水がめを三円で引き取るんだろ？」

「左様でございます」

「そこに俺の置いた三円があるだろ」

「確かにここにございます」

「三円と三円、合わせて六円じゃねえか」

「……左様でございました。いひひ、あたし、あれをけろっと忘れておりましてな、なんとも申し訳がございません」

「早く担げってんだ早く」

「もしー！　お客様！　お戻りを！」

「大きな声出しやがってまあ。新潟まで聞こえるような大きな声出しやがって。なんだよ？」

「あのう、お勘定のことで」

「まーた始まりやがったな。勘定がどうしたい？」

「いや、なん、なんでございまさあな。大きい水がめは、小さい水がめの、倍の、六円なんでございます」

「聞いて知ってるよ」

「ここに三円ございます」

「おう、それはさっき俺の置いたやつだい」

「後の三円が、もやもやもやもやっとしてまして。なんか永田町に黒い霧がかかったように、はっきりしない」

「はっきりしねえのはおめえなんだよ。だからさ、おめえのほうでこの小せえ水がめを三円で引き取るんだろ?」

「左様でございます」

「そこに俺の置いた三円があるだろ」

「確かにここにございます」

「三円と三円、合わせて六円じゃねえか」

「……」

「お前もお前なんだよ。これを水がめと思うから勘定がややこしくなるんだ。三円だと思えば何でもねえじゃねえか」

「……あたくしには三円に見えないんす。どう見ても水がめに見える」

「わかった。そろばん持ちな」

「はい？」

「そろばん持ちなよ」

「いえいえ、手前このくらいの勘定でそろばんなんぞは」

「生意気なこと言うね、おめえがはっきりしねえからはっきりさしてやるからそろばん持てってんだよ」

「左様ですか？　手前普段このくらいの勘定でそろばんを持たないんですが、そろばん持ちました」

「よし、俺の言う通りにそこに入れてみろ」

「左様でございますか。……へい」

「そこに俺の置いた三円があるだろ？」

「ええ。確かにここにございます」

「だったらそこへ三円と入れろ」

「入れました」

「おめえのほうで、この小せえ水がめを三円で引き取るんだろ」

「左様でございます」

「だったらそこへ三円と入れろ」

「入れました」

「いくらだい?」

「六円なんでございますがね」

「じゃそれでいいんじゃないか」

「……勘定は合ってんです。勘定は合ってんですが、ただ、あたし、あ、商いをしたなあという充実感が湧かないんでございますが」

「おめえな、しっかりしろよ」

「いや、あの、すいませんけど、お客様黙っててくれませんか。ええ、自分一人でやりますから。お客さんゴタゴタ言うとわかんなくなりますからね。ちょっと待ってください。一人でやってますから。……三円。この三円はすんなりここへ入るんです。問題はあの三円なんです。あれを入れるべきか入れざるべきか、それが今。はっ、いらっしゃいまし。ありがとう存じます。え？　ああ、火鉢でございますか、そこにあります手あぶり火鉢はどれでも十五円でございますんで、どうぞよろしいのを。ごゆっくりご覧くださいまし。ええどうぞごゆっくり。火鉢が十五円。あの、すいません、うち、火鉢、今日売りません。定《さだ》、定！　表閉めちまいな。今日はあたしゃこの勘定がはっきりするまで店開けないから。いえ大丈夫、自分でやっていますから。三円。……これが問題の、三円で」

「おめえ何かい？　さっきからがたがたがたがた、一人でやってるけれども、ここへ店ぇ出してからまだ間がねえのか？」

「手前はここに店出しまして三十八年経ちますが」

「三十八年？　三十八年店ぇ出してて、三円と三円合わせて六円、このくらいの勘定がてめえにはできねえのか、この間抜け野郎！」

「まっ！　……（啜り泣き）あんたねえ、そんなにポンポンポンポン言うことはないと思いますよ。あたしだって生身の人間ですよ。その日によって勘定のしやすい日としにくい日がある。三十八年店ぇ出してて、一生懸命やってんのに間抜け野郎とまでくりゃいい面の皮だ。やめた！　やめました！　うちは今日はね、大きい水がめ売りません！」

「なんだ大きい水がめ売らねえのかい」

「売りません！　小さいほうでよかったらお持ちなさい」

「よーしわかった、じゃこの小せえほうの水がめ持ってくから、さっき俺が手付に置いた三円、こっちへ返せ」

「ありがとうございました」

噺のはなし――壺算

いわゆる間抜けオチといわれ、長屋のにぎやかな様子で始まる『壺算』。近所の仲間から安い買い物を頼まれ、それではと知恵を働かせる徳さんと、瀬戸物屋の主人とのやりとりに、江戸の商いの様子が浮かびます。

何よりテンポのよさがいい。いえ、テンポが遅いと、こんな強引な取り引き、すぐにばれてしまいます。買い物上手、口も達者な徳さんが、あれよあれよと話を進め、主人の入る余地がまったくない。天秤棒を用意するところも、違う大きさの水がめを持って出るところも、最初から計算できている。とうとう主人に「商売をしたなあという充実感が湧かないんですが」と言わせてしまいます。

お勘定は合うのにお金が足らない、理論と現実がどうも合わないという意味で、「算用合って銭たらず」という諺がありますが、この噺ももとは江戸時代の絵入りの笑い話集『軽口瓢金苗《かるくちひょうきんなえ》』に出てきます。上方落語では『壺算用』として有

名な演目でした。

これは、サゲをかえました。「これが本当の思うツボ」とか「壺算用だ」とサゲる人が多いのですが、あたしは「じゃあ小さいのを持っていくから、さっきの手付けにおいた三円返せ」としました。痛快で、庶民の強さ、したたかさが出ていてあたしは好きですね。

落語は、サゲを言いたいためにやっているようなところがあるんです。サゲをどうするかしょっちゅう考えますが、机に向かっていざやろうとしたって、まずできません。風呂に入ってぼーっとしている時とか、トイレに入っている時とか、ふいと出てくることがある。これだ！　と思うのは、そんな偶然の産物だったりして、面白いものですね。

つる

どうぞ一席お付き合いをお願い申し上げます。

先程から何本も何本も落語をお聞きになりまして、大体ご理解頂いたかと思いますが、落語に出てくる人物というのがたいがい決まりきっておりまして、噺の中に出てくる一番の物知りはといいますと、「横丁の隠居さん」ということになっております。どういう訳か、落語に出てくる隠居は横丁に住んでおります。あんまりマンションの八階に住んでいる隠居は出て参りません。

そこに、八《はっ》つつぁんとか熊《くま》さんが訪ねてくるんですが、これは、普通の八っつぁん、熊さんではございません。

打ち明け話を申し上げますと、昔は普通の八っつぁん、熊さんだった。ところがお亡くなりになった林家三平師匠がここの高座でもって大失敗をした覚えがある。三平師がここで落語を喋っていて、「八っつぁん、こっちにお上がり」と言ったら、「へえ」ってお客さんの中でここに上がってきた人がいる。後できいたら、この人は八五郎って名前だったっていう。じゃあ迷惑をかけてはいけないからというので、それから以後、上に肩書きをつけまして、「脳天熊にがらっ八」なんていって、これはものも知らなければ常識もなんにも知らない。こういうのが隠居んとこを訪ねて参りますと、たいがい一席の落語になっているようでして。


「隠居さん、こんちわー」

「珍しいな。八っつぁんじゃないか、まあまあこっちへお上がり」

「ご馳走様です。おかずは何？」

「なんだい、その、ご馳走様ですってのは？」

「いや、今、隠居さん言ったじゃないか。マンマ、おあがりって。ちょうど腹が減ってる所。……おかずはシャケ？」

「そうじゃないよ。まあまあ、こっちへお上がり、そう言ったんだよ。八っつぁん、お前さんも変わった人だ。遊びに来るとなると一日になんべんもなんべんも遊びに来る。来なくなるとぴたっと来なくなる。しばらく顔を見せなかったじゃないか。察する所、町内の若いものが大勢で、床屋かなんかに集まって、くだらない話をしてたんじゃないのかい」

「隠居の前ですけど、近頃はおもにくだる話をしてましたよ」

「なんだい、そのくだる話ってのは。赤痢《せきり》の話かなんかしてたのかい」

「いや別にそういう話じゃ。あ、そう。実はね、ついこないだも町内の若いものが床屋へ集まったんですよ。でいろいろと世間話をしているうちに隠居さん、隠居さんも知ってると思うけど、床屋の奥の部屋に、生意気にあれがあるね、ほらそう、その、へこの間が」

「なんだい、そのへこの間ってのは」

「隠居さん、へこの間知らない？　いい年をして。へこの間だよ。壁がへっ込んでてさ、前に花やなんかが活けてある所」

「床の間ってんだよ、あれは」

「あら、床の間。あっしゃ、へこんでるからへこの間と思ってたよ。あそこに一年中、つるの絵がかかってるんだよ、つるの絵が。六《ろく》んべの野郎が、じーっとつるの絵を見てやがってね、『つるは日本のメイチョウだ』って言いやんの。さあそれからあっしは聞いたんだ。メイチョウってのはソガノヤかって（曾我廼家明蝶）。そうじゃない、名のある鳥だって。どういう訳でつるが日本の名鳥なんだって聞いたら、訳がわかんねえって。じゃあ隠居さん物知りだ。今度行った時に聞いてこようってことになってね、今日聞きに来た。隠居さん、つるってのは何かい、本当に日本の名鳥かい」

「こら驚いた。あたしは六さんという人を見直した。八っつぁん、お前さんの前だけれど、その通り。つるは立派に日本の名鳥ですよ」

「どうして」

「いや、どうしてという聞かれ方をされると返事に窮するけれど、ごくわかりやすく言えば、わが国日本にあんなにぴったりと合っている鳥はない。姿形を思い浮かべてご覧。足がすっと細くて、胴がぐっと締まって。首が長くて、くちばしが長い。おまけに、頭に丹頂《たんちょう》というものを頂いている。だいいち八っつぁんよ、日本の銘木に松の木というものがあるだろう。松につる、絵になるだろう」

「言われてみればその通りだ。絵になる。松につる、絵になるねえ。二十札なんざ綺麗だもんねえ」

「なんて話をしてるんだ。でも絵になるだろ」

「けど隠居さんの前だけど、ありゃ随分首が長ぃね」

「長ぃ」

「扁桃腺《へんとうせん》を患った時に治りは遅いっしょ。どうするの」

「お前さんつまんないことを心配するたちだね。いや、お前はつるの首が長いといって感心しているけれど、その通り。今は我々簡単に、『あ、つる』なんて言うけれど、昔はそうは言わなかったそうだな。その首の長い所から首長鳥《くびながどり》と呼んでいたそうだ。古い書物を読んで首長鳥と出ているのは、みんなこれ、つるのこと。首長鳥がいつかつるになったんだよ」

「じゃ隠居さんにあらためて聞くけどね。どういう訳で首長鳥がつるになっちゃったの。首長鳥なら首長鳥でいいじゃねえか。どういう訳でつるになっちゃったの」

「……八っつぁん、訳が聞きたいかい」

「うん」

「今日じゅうに？」

「……できりゃ今日じゅうに願いたいね。こんなことを聞くのに三泊四日ってのは長すぎるからね。修学旅行に行く訳じゃねえんだから、てっとりばやく願いたいね」

「お前がわからないなら、あたしも退屈していた所だ。教えてあげよう。八っつぁん、よーくお聞き。どういう訳で首長鳥がつるになったかというと、昔、一人の白髪《はくはつ》の老人が、浜辺の岩頭《がんとう》に立って、小手《こて》をかざして沖を見ていると、はるかもろこしという、今の中国のことだ、もろこしのほうから、一羽の首長鳥のオスが、つ――――と飛んできて、浜辺の松の枝にぽいと止まったんだ。後からメスが、る――――と飛んできて、つるだよ」

「……隠居さん、今なんか言った？　どういう訳で首長鳥がつるに」

「こういうことは二度も三度も言わせるもんじゃないよ。いっぺんで覚えるもんだよ。昔、一人の白髪の老人が、浜辺の岩頭に立って、小手をかざして沖を見ているると、はるかもろこしのほうから、一羽の首長鳥のオスが、つー――と飛んできて、浜辺の松の枝にぽいと止まった。後からメスが、る――と飛んできて、つるだよ」

「ぷっ、面白い。面白い。ありがとうやした」

「まあいいじゃないか、ゆっくりしていきな」

「また来ます。さいなら！」

「驚いたね。あの隠居ってのは、なんでもよくものを知ってんね。あそこに行くたんびにひとっつずつ利口になるね。しょっちゅう行かなくちゃいけねえな。

どっかでやってみてえな。覚えてるうちに。そうだ、辰《たつ》んべの所に行ってやってやろう。辰の野郎、ふだんから人のことをバカにばかりしてやがるからね。敵討《かたきう》つのはこういう時じゃないといけねえ。ようし！　ここだ。よおっ！　たっつぁんいるかい？」

「いねえよ」

「おい、いねえもんが返事する訳ねえじゃねえか。もうバカにしてやがる。開けるぞ。ほら、そこに座ってるじゃないか。たっつぁん、お前、あれ知ってる？」

「知ってる」

「いや、俺まだ何も言ってねえぞ、おい。ほら、つるね」

「お前の頭か」

「……なぜ、そういうこと言うの。世の中にはそういうこと聞いて、一人や二人、腹立てる人間がいるぞ。そうじゃない、鳥のつる。昔は首長鳥って言ってた。で、首長鳥がつるになった。どういう訳で首長鳥がつるになったか、たっつぁん聞きたいだろ」

「聞きたくない。俺、今忙しいんだよ」

「忙しいなんて、ただぼーっとそこに座っているだけじゃないか。お聞きよ。利口になるから。俺が話をしてやるから。たっつぁんよくお聞き。どういう訳で首長鳥がつるになったかというと、昔、一人のヒャクヤッツの老人が、浜辺でカンチョーをしながら、コテを振り回して沖を見ていると、はるかトンモロコシのほうから、一羽の首長鳥のオスが、つる――――と飛んできて、浜辺の松の枝にぽいと止まったんだ。後からメスが……」

「……」

「たっつぁん、落ち着きましょう」

「落ち着いてるよ、俺は。ガキのうちから落ち着いてる人間だよ」

「いや、あのね。どういう訳で首長鳥がつるになったかというとだぞ。たっつぁんよくお聞き。昔、一人のヒャクヤッツの老人が、浜辺でカンチョーをしながら、コテを振り回して沖を見ていると、はるかトンモロコシのほうから、一羽の首長鳥のオスが、つる――――と飛んできて浜辺の松の枝にぽいと止まった。後からメスが……、ひゃあ！」

「……」

「さよなら」

「何しに来たんだあいつは」


「隠居さーん。どういう訳で首長鳥がつるに」

「さてはお前さん、どこかでやってきたな。目が上ずってるよ、おい。よく聞かなくちゃいけない。いいかい。昔一人の白髪の老人が……」

「ハクハツ？　ヒャクヤッツじゃないの？」

「除夜の鐘じゃない、ヒャクヤッツってこたあない、白髪」

「なんだい隠居、そのハクハツってのは」

「白い髪の毛、白いヒゲをはやした一人の老人が、浜辺の岩頭に立って」

「浜辺のガントウ？　浜辺でカンチョーしていたんじゃねえのか。なんだい、その浜辺のガントウってのは」

「岩の上に立って、小手をかざして沖を見ていると、はるかもろこしのほうから、一羽の首長鳥のオスが、つ――――と飛んできて、浜辺の松の枝に」

「ありがとうございやした！」


「たっつぁん」

「また来たな、おめえは！　なんだよ！」

「どういう訳で首長鳥がつるになったかというとだぞ」

「まだやってんのか、おめえは。閑《ひま》な野郎だな、こいつは」

「たっつぁん、よくお聞き。昔一人の白髪の老人が、だ。なあ。浜辺の岩頭に立って、小手をかざして沖を見ていると、はるかもろこしのほうから、一羽の首長鳥のオスが、つ――――と飛んできて、浜辺の松の枝に、「る」と止まったんだよ。後からメスが、……う、う、うーん」

「おい、おめえ、食いつくんじゃないだろうな。後からメスがなんつって飛んできたんだ」

後は続きをお楽しみに。

噺のはなし――つる

これは後輩の桂南なんさんに、お金を払ってもらったお買いものネタです。「金がない、金がない」って言ってたんで、実際に一万円払って譲ってもらったんですよ。

短くて、テンポがよくて、どんなお客さんでも笑いがとれる。これは本当によい買い物でした。いろんなところでかけてたら、後で南なんさんから「こんなことなら、一回ごとの歩合制にすりゃよかったなあ」って言われました。

落語の演目に根問《ねどい》ものというのがあって、『絵根問』という噺の後半部分、つるの由来のところを四代目桂米團治《よねだんじ》師匠が独立させて仕立てたといわれています。上方では、若手落語家の稽古に使われたそうです。

『つる』はご隠居さんと、ものも常識も知らない八っつぁんのやりとりが面白い。つるのイメージもあたしにぴったりだ。いや、すらりとした姿のことで、アタマ

のことじゃないですよ。

落語の魅力は、いろいろな役柄になれるところ。話しっぷり、手振り身振りを工夫して、ご隠居さんもおかみさんもそそっかしい町人もお侍さんにも姿を変えられる。

でも、相撲取りの噺はやらないことにしていますね。何度か勧められたことはありましたが、私みたいなガリガリな噺家には力士役は務まりません。お化け役、怪談ものなんかは得意かもしれません。顔や体型もそうですが、私は顔に汗をかかない体質なんです。それも幽霊に向いているでしょ。幽霊が汗っかきだったら、怖くもなんともないですからね。

この噺だけはサゲを入れていません。続きはどうぞ高座でお楽しみください。

竹の水仙

どうぞしばらくの間お付き合いをお願い申し上げます。

世の中には名前を残した方というのは数多くいらっしゃるようでございます。何か発明・発見をして名前を残した方、あるいは善根《ぜんこん》を積んで名前を残した方。あるいは自分で立てた寄席を自分で潰して名前、いや、あのまあこの……。これはちょっと名前の残し方が違いますけれども。

大工さんのほうで、それも彫り物細工物のほうで名前を残した方に、ご案内の通り甚五郎利勝《じんごろうとしかつ》という方がいらっしゃいまして、飛騨山添《ひだやまぞえ》の住人だったそうですが。十三の時に三代目墨縄甚兵衛《すみなわじんべえ》の所に弟子入りをいたしまして、二十歳になりました時には、師匠墨縄が目をみはるばかりの上達を遂げていたそうです。そこで甚五郎に「あたしはお前さんに教えることはみんな教えてしまって何もない。あたしのおとうと弟子で玉園《たまぞの》というのが京にいる。お前も京へ行って修業をするように」と添え状を持たせまして、京におります玉園棟梁の所にこの甚五郎を差し向けます。

文面を読んでみますと、「この人間はたいそう腕の確かな人間だ。ただしちょっと人も変わっている。酒も好きだけれども面倒を見てくれ」という文面のために、伏見に一軒、家を持たせて甚五郎を住まわせます。ある時、御所から、何か珍しいものを拵えろというご下命が下りましたので、甚五郎にも「腕試しだ、何か拵えてみろ」、言われて甚五郎が竹で水仙を拵えて御所に献上をいたします。

「誰の作りし物だ？」

「手前どもにおります甚五郎という者が、作りましたものにございます」

「ん、目通り許す」

すぐにお目通りを許されて、たいそうなお褒めの言葉を頂いて。この時に、左官《ひだりかん》というものを許されたんだそうでございます。左甚五郎という名人がいるということが、日本全国津々浦々にぱあーっと広がりまして、しかしもともと変わった人ですから、あまりそういうことを鼻にもかけずに相変わらず伏見の家でぶらぶらしている、ある日のこと。

「ごめんくださいまし、ごめんくださいまし」

「はーい、なんだい？」

「ちょっとお伺いをいたしますが、左甚五郎先生のお宅はこちらでございましょうか？」

「うん、甚五郎の家はここだよ」

「恐れ入りますが、お目にかかりたいのでございますが」

「お目にかかってるよ。もうお目にかかってるよ」

「あの、おぬし様が有名な左甚五郎先生で？」

「何か不審なことがあるのか？」

「いいえそうではございませんで、失礼をいたしまして。実は手前は、江戸は表駿河町《おもてするがちょう》三井八郎衛門《みついはちろうえもん》の所の番頭で、藤兵衛《とうべえ》というものでございますが。このたび主が、さるお方から運慶《うんけい》先生の拵えました、えびすを一体手に入れまして。しかしどうもえびす一体では具合が悪い。このたび左官《ひだりかん》を許されました甚五郎先生に大黒様を彫って頂いて、えびす大黒一対にして、商売繁盛の神として残したい。これをお願いにあがったような次第でございますが」

「運慶先生の拵えた、えびすを手に入れた？　お前さんそこに持ってんのかい？　ちょいとこっちへ見せておくれ。どういうぐ……これかい？　さすがに運慶先生だけのことはあるいい出来だなあ。お顔が良い、福々しいお顔をしていらっしゃる。大した出来だ。よし、あたしが大黒を彫ろう」

「お引き受けくださいますか、ありがとう存じます。失礼でございますが、御代はいかほどで」

「百両だ」

「へ？」

「百両だ」

「あの、大黒様一体ででございますか？」

「高いと思ったらおよし。あたしのほうから彫らしてくれと頼んだ訳じゃあない、お前のほうから彫ってくれと頼んだ。高いと思ったらおよし。しかしお前に聞くが、三井は百両の金で土台がぐらつくのかい？」

「とんでもない話でございまして。それでは何分よろしくお願いをいたしますが。手付はいかほど置きましたらよろしゅうございましょう？」

「三十両も貰っておこうか」

「ここに三十両ございますからお納めの程を。百両のうちから手付に三十両、残り七十両はできあがりましてお届けに上がりますので。……いつ頃できますでございましょう？」

「わからない」

「いえ手前、できますまでこの京に逗留をしておりまして、できましたら江戸に持って帰りたいと思いますが」

「そりゃ無理だ。一年先になるか五年先になるか。だいいち、この京でできるか江戸でできるか奥州でできるか、どこでできるかわからない。できた時にはこっちからそっちに知らしてやるから。お前さんのほうからそこまで取りにおいで。で、もしもできなかった時にはこの三十両、香典だと思って諦めとくれ」

「こりゃどうも恐れ入りましたな。それでは、何分よろしくお願いをいたします」

と、甚五郎先生ここで三十両の金が入りましたために、もう京の町も見飽きてしまった、繁盛を極めている江戸見物に行ってきたいということを、玉

園に相談いたしますと、

「何事も修業のためだ。のんびりと行ってこい」

許しが出ましたのでこれからすっかり支度を整えて、おいおい江戸にドって参りました。しかしもともと呑気な人ですから、まっすぐ江戸には入りませんで、あっちに遊びこっちに見物し、今一歩で江戸に入るという神奈川の宿《しゅく》にかかりました時には、もう懐《ふところ》ん中は一文無し。着ている着物も汚れ放題汚れて、猫の百尋《ひゃくひろ》みたいな帯を締めて、擦り切れた草鞋《わらじ》をつっかけて、神奈川宿へ。

ご案内の通り昔の宿場でございますので、暮方《くれがた》になりますと、道の両側に宿の客引き女中が赤い前垂れをかけ、顔に真っ白に白粉《おしろい》を塗ってお神楽のお面のような顔をいたしまして、盛んにお客様を呼び込んでおります。ここへこの甚五郎が入って参りまして、

「もし、そちらのお客様。お泊まりではございませんか?」

「俺のことか?」

「いいえ、後ろのご出家様のことです」

「……誰も俺を呼ばねえな。懐ん中一文無しだってのが透けて見えんのかねえ。早く呼んでくれねえと、宿を出ちまうよ。また野宿かい? 呼んでくれたらそこへ潜り込んじまうんだが。早いとこ呼んでくれねえかなあ」

「もし、そちらのお客様、お泊まりではございませんか?」

「俺のことか?」

「へえ、左様でございます」

「しめた!」

「んん、なんでございます?」

「いえいえ、よく呼んでくれた。お前の家に厄介になろう」

「これはどうも、ありがとう存じます。どうぞこちらへ。おーい、お客様だよ! おすすぎのお支度をして。ようこそ、おいでを頂きまして。えー、手前が当宿の主の大黒屋金兵衛と申しますが」

「大黒屋金兵衛、欲の深い名前だね」

「ま、その代わりと言ってはなんですが、手前どもでは一切奉公人を置きませんで、手前と家内とが親切を旨《むね》として、やっておりますが」

「あたしはねえ、そういう家が大好きだ。ことによると、当分お前の所に厄介になるよ」

「ありがとう存じます。ごゆっくりお過ごしくださいまし」

「酒が好きだ。飲ましておくれ」

「ええ、どうぞお召し上がりください」

「一日三升《じょう》だ」

「三升?」

「朝一升《しょう》、昼一升、夜一升。あたしは一日三升の酒を飲まないと、二日酔いになる」

「どうぞ、たんと召し上がってください」

「ここは神奈川だ。うまい魚はいくらでもあるだろう。お前たちに任せるから、うまい魚を食べさしておくれ」

「承知をいたしました」

「それからねえ、茶代だの紙代をいちいち出すのは面倒だ、まとめてでいいだろう」

「どうぞお気遣いなく。手前どもでは幾日《いつか》何十日お泊まりくださいましても、お発ちになります時に、まとめて頂戴をさせて頂いておりますんで」

「そうかい、ふふっ。それを聞いて安心した。あ、それからね、怒っちゃいけないよ、いいかい？　お前さんたちを決して疑《うたぐ》る訳じゃない。怒らないどくれ。実はね、この、懐のものだ」

「たいそう膨《ふく》らんでますなあ」

「重くてしょうがない」

「左様でございましょうなあ」

「帳場へ預けなくてはいけないのだが、あたしは自分のものは自分の身に着けてないと心が落ち着かない。これはひとつ勘弁しておくれ」

「それはまあ、お客様のご自由でございますんで。ただ、十分、お気をつけになって」

「それからね、いろんなことを言って済まないが、静かなとこの好きな人間だ。部屋も静かな部屋に入れておくれ」

「ちょうど良い所がございます。二階のこの一番端に、上段の間と言うのがございますんで、そこへこのお入りをお願いいたします」

「じょうだんの間？　ふざけながら入るんだな？」

「なんです？」

「冗談の間」

「これはどうも恐れ入りましたな、どうぞごゆっくり」

なんてんで、さあこれから甚五郎先生、毎日毎日朝一升昼一升夜一升、三升の酒を飲んで、部屋でごろごろごろごろしておりまして、日数《ひかず》が経つにつれまして、台所を預かっているおかみさんがこれは黙っちゃいませんでして。

「ちょいとちょいと、ちょいと！　なんだいあの二階の客は？　毎日毎日酒飲んで部屋でもってごろごろごろごろしてんね！」

「いいじゃねえか。客が宿屋の二階で酒飲んでごろごろしてんのに不思議なことはないよ。これが醤油飲んでごろごろしてんだったら気味悪いよ。なんでもありゃしねえじゃねえか」

「何言ってんだよう。本当にもう、食べる魚だってそうだよ、贅沢なことばっかり言ってて。鯛だヒラメや蛸やイカって竜宮城みたいなこと言ってんじゃないか。お前さんの前だけどね、あの人は、そんな贅沢なことを言えるような身分じゃないと思うよ。着ている着物をご覧、着ている着物！　ありゃ正宗《まさむね》だよ」

「なんだい？　着物が正宗ってのは」

「触ると切れるよあれは。ああいう着物を正宗ってんだよ。ご覧なさい、泊まってから一文の宿賃も入れないから、台所のものはみんな切れちまったよ。米は切れるし麦は切れるし砂糖は切れるし塩は切れるし味噌は切れるし醬油は切れるし薪は切れるし炭は切れるし、切れないのは包丁と二人の腐れ縁だよ！」

「よく喋るねお前は、どうも」

「どうもこうもないよ。半分だけでもいいから宿賃貰っておいでよ」

「それ駄目なんだよ」

「どうしてさ！」

「あの人が泊まる時にな、幾日何十日お泊まりくださいましても、お発ちになる時に……」

「言ったかは知れないけれどもさあ。探りを入れてみるんだよ」

「なんだいその探りを入れるってのは？」

「毎日ごろごろしていたんではお退屈でございましょう。いかがでございます、金沢八景でもご見物なさいませんか？　今時分でございますと兜島《かぶとじま》がたいそう綺麗に見える頃でございます。なんでしたらこちらで、ご案内申し上げてもよろしゅうございますから。行かないったら、危ないんだからね。実は、近頃この神奈川宿で決まったことでございますが、どんなお馴染みのお客様でも、五日にいっぺんずつはお勘定頂くようになりましたから、そう言って貰っといでよ」

「うるせえな行ってくるよ、ほんとにまあ。うるせえかかあだな、まあ。人の顔見りゃぎゃあぎゃあぎゃあぎゃあぎゃあぎゃあぎゃあぎゃあ言ってやがる！　名前が悪いんだ、冨士子ってんだからあんちきしょう。冗談じゃねえよ、ほんとにまあ。……ごめんくださいまし、ごめんくださいまし」

「ふっふっふっふ。ご亭主か。まあまあ、こっちへお入りよ。汚い部屋だが」

「あたしの家だよここは。毎日、そうやってお部屋でごろごろなすってんのは、退屈でございましょう」

「退屈しない。この窓から下を見てると面白いな。女は通るし男は通るし。犬と猫は追っかけっこするし。退屈しない。面白いな」

「いかがでございましょう、金沢八景でもご見物なすっては。えー、今頃でございますと、兜島がたいそう綺麗に見える頃でございますが」

「絵で見てるからいい」

「絵で?」

「絵のほうが腹が減らない。くたびれないな」

「……あぶねえなどうもなあ。実はでございますが、近頃決まったことでございますが、当神奈川宿では、どんなお馴染みのお客様でも、五日にいっぺんずつはこのお勘定を……」

「くれるのか?」

「いやそうじゃございませんでして、頂戴をすることになったんでございますが」

「勘定か。そろそろそれを言ってくる頃だと思った。さっきから下のほうでキーキーキーキー黄色い声が聞こえてた。ん、いくらになった?」

「ありがとう存じます。えー、ここに書付けを持って参りましたんで、ただいままでのお勘定が、二両三分三朱《しゅ》でございますが」

「二両三分三朱。間違いないかい?」

「へえ。間違いじゃございませんで」

「安い、安すぎる」

「ありがとう存じます。グッと、勉強をさして頂いておりますので」

「しかしな、二両三分三朱というのが半端だ。どうだい、そこへあたしが一朱足して、三両にしてお前に渡そう」

「こりゃどうも、ありがとう存じます」

「それでいいだろ?」

「へえ、結構でございます」

「ん、ご苦労様」

「……いやあの、お勘定が、二両三分三朱でございますんで」

「だからさ、そこへあたしが一朱足して、三両にしてお前に渡そう」

「ありがとう存じます」

「それでいいだろ?」

「へえ、結構でございます」

「ご苦労様」

「……お金が出ませんな」

「金か?」

「へえ」

「金は、ない！」

「へへっ。ないー⁉　ないってえとお前さん何かい？　一文無しかい？　おい、からっけつかい？」

「なんだいそのからっけつってのは。ないんだよ」

「いやないいんだよって落ち着いてるね、おい。あのね、お前さん、商売はなんだい？　商売は？」

「商売か。番匠《ばんじょう》だ」

「なんだい？　その番匠ってのは」

「江戸で言う大工だな」

「大工。あそう。大工だったらなんだよ、宿賃の代わりにどっか傷んでるとこやなんか直してもらおうじゃねえか。そうだ、試しにね、このへんにちょいと、棚を吊っておくれよ」

「やめたほうがいい。俺の吊った棚は物をのせると落ちるぞ」

「嫌な大工だね、おい」

「がたがた言わなくてもいい。裏にだいぶ立派な竹藪があるな」

「おう。あれはうちの竹藪だよ。自慢の竹藪なんだよ。春先になるってえといい筍がぴょこぴょこ飛び出してね、あれはうちの竹藪だよ」

「済まないがな、よーく切れるのこぎりを一丁持ってきな」

「どうすんだい？」

「のこぎりを持って一緒に竹藪の中へおいで。竹藪の中で、宿賃を払う算段をする」

「のこぎり持って？　竹藪ん中へ？　俺をバラバラにするつもりだな」

「馬鹿なことを言うな。宿賃を払わない、お前に怪我をさせる、そんな馬鹿なことはしない。いいから持ってきな」

「わかったよ。……おっかあ、お前は目が高い。あれ、一文無し」

「だろーう？　どうも目つきの悪い嫌なやつだと思ったよお。お前さんはろくな客を引っ張り込まないね、本当にもう。どうすんのさ！」

「どうすんだったらな、よーく切れるのこぎり一丁持ってこいって」

「のこぎりをどうすんの！」

「のこぎりを持って裏の竹藪に一緒に来いっつうんだ。竹藪の中で宿賃を払う算段する」

「……のこぎり持って？　お前さんが一緒に竹藪へ？　どうも二、三日前から影が薄いと思ったんだよ。お前さんバラバラに」

「変なこと言うなよ、おい。おっかあまでそんなこと言ってやがら。……おーい、一文無し」

「いちいち一文無しと言うな」

「のこぎり持ってきた」

「持ってきたか。持ってきたら裏の竹藪へおいで。いい竹が揃ってるな」

「おう、さっきも言う通り自慢の竹藪。これみんな、孟宗竹《もうそうちく》ってやつだ」

「ちょいと待っててておくれ。……ん、この竹とこの竹を二本、長さを三尺ぐらいに揃えて切っておくれ」

「自分で切りゃあいいだろ自分で」

「あたしが算段をするんだからお前が切りな。人間体を動かさないと鈍《なま》るぞ」

「お前にんなこと言われると思わなかったよ」

「切れたか。ちょいと待っててておくれ。ん、ここに細めの竹がある。これも長さを揃えて切っておくれ。切れたか。切れたら座敷へ持ってきな。そこへ置いて。宿賃を払う算段がついたらお前を呼ぶから、それまで決して、中を覗いてはいかんぞ。覗くと俺は、算段はしない」

「覗かないよ。俺にはそういう趣味はねえんだから。早いとこ算段しとくれよ！」

ぴたっと障子を閉めて、下へ降りて行く、この様子をじっと伺っておりました甚五郎が、懐から取り出しました金包み、中から出しましたのが、飛騨を発ちます時に師匠墨縄が譲ってくれた大鑿《おおのみ》小鑿《このみ》、命よりも大事に身に着けていたもの。この膨らみを最初の晩に親父はどうも金と間違えたらしいんでございますが、これを取り出しますと、コツコツカリカリコツコツカリカリ何かやり始める。だいぶ夜も更けましてから、

「ご亭主やー、ご亭主やー」

「うるせえな、あの一文無しはもう。文無しの癖に威張ってやんだからもう、人がせっかく寝かかったってのに大きな声で呼びやがってまあ。変な客引っ張り込んじゃったよ、ほんとに。なんだい、一文無し」

「いちいち一文無しと言うな。算段が付いた。こっちへお入り、汚い部屋だが」

「そっちこそ汚ねえ汚ねえって。なんだい？」

「できた」

「何が？」

「さ、これだ」

「なんだいそらって見てわからないか？」

「なんだいそら？」

「竹っぺらの先に、何かまあるいもんがぶら下がってんね。なあにそれ？」

「竹で拵えた、水仙のつぼみだ」

「つまらねえもの拵えて。どうすんだよそんなもの」

「同じくここに竹で拵えた花立がある。この花立の中に水をいっぱいに汲んで、この水仙を挿《さ》しておいて、お前の家の表の一番目につく所に掛けておいて、紙に売り物と書いて貼っておきな。明日になれば必ず買い手がつく。買い手がついたら宿賃払う」

「ついたら？　たーら？　たらだのだろうなんてのは、あんまりあてにならねえけれどもな」

「お前に言っとくが、この花立の中の水を切らすと、取り返しのつかないことになるぞ」

「わかったよ本当にもう、夜遅いんだからこっち貸しなよ」

そこは人のいい宿屋の親父でございますので、花立の中に水をいっぱいにいたしまして、この中に竹の水仙を挿して、表の目立ちます釘に引っ掛けて半紙に売り物と書いて、奥へ入ります。もう真夜中近くでございます。

宿屋稼業というものは朝の早いもんで、暗いうちに大戸を開けて、気になりますので昨日のこの花立を手に取ってひょっと中を見て……。

「漏るんじゃねえかい、こりゃ。随分水が少なくなってんね。漏るような花立拵えるの、ろくな腕じゃねえな、ありゃあな。水切らすなってそう言ったよな」

また水を汲んで、表を綺麗に掃除をして奥へ入ります。で、この時に何かの都合で朝はやーくに神奈川宿に入って参りましたのが、肥後《ひご》熊本の御城《おんじよう》主《しゅ》、細川越中守《ほそかわえっちゅうのかみ》様の御行列でございました。で、殿様の御駕籠《かご》が大黒屋の前に差しかかりました時に、お天道《てんとう》様があがって、辺り一面に朝日がぱあーっと射しますと、どういう仕掛けがしてございましたのか、竹で拵えた水仙のつぼみが、パチッ、小さな音をさして立派に竹で拵えた水仙の花が開いて、辺り一面になんとも言えない良い香りが漂いまして。で、これを御駕籠の中でほっとご覧になった越中守様が、

「駕籠を止め」

御駕籠がピタッと止まりました。じっと駕籠の中からこれを見て、

「刑部《ぎょうぶ》、刑部はおらぬか」

「お呼びでございますか」

「ん、余はあれにかかっている竹の水仙、たいそう気に入った。求めて参れ。本陣で待っておるぞ」

そのまま御駕籠は本陣宿。後へ残りました、御側用人《おそばようにん》の大槻《おおつき》刑部。ただた

だ堅いだけの人でございます。堅いだけということはものをなんにも知らないという人でございまして。

「たあーっ、うちの殿様ってのは勝手だねえ。見るもの見るものみんなほしがるね。あんなつまらねえもの休みの日に俺が拵えてやるものを、ほんとにまあ。金出して買うことはねえんだ。……許せよ」

「いらっしゃいまし」

「そのほうが、主か？」

「手前が当宿の主の、大黒屋金兵衛と申しますが」

「欲の深い名前だな」

「よく言われますそういうことは。何か御用で？」

「実はな、拙者は細川越中守様の側用人で大槻刑部というものである。今、殿が御駕籠でご通行になってあれにかかっている竹の水仙、たいそう御意《ぎょい》に召した。値《あたい》はいかほどだ？」

「……なんです？」

「聞いてないのかお前は。殿様がたいそう気に入った。値はいかほどだ？」

「あたいですか……。うちはあたいはない。夜中に蕎麦屋が引っ張ってくんのが屋台」

「何を申しておる。日本人かお前は？　値段はいくらだと聞いておる」

「値段ですか。値段なら値段ってそう言ってくださいよ、そんな。あたいだあたいだって言うからわかんない……。う～ん？」

「いかがいたした？」

「いえいえ、今、あれを拵えたのが二階におりますから、聞いて参りますすから恐れ入りますが、しばらくお待ちくださいまし。お茶を差し上げて。おーい、一文無し！」

「また始まったな。どうした？」

「喜べ、買い手がついた」

「買い手がついたか。相手はどんなやつだ？」

「どんなやつだなんてことを言うと口が曲がるぞ。名前を聞いて驚くな、肥後熊本のお殿様、細川越中守様だ」

「おう、越中か」

「んなふんどしみたいな言い方すんなよ。けどお前、珍しい腕持っててんじゃないか。今朝見た時はなんかこう丸くなってたんで。今あの侍と喋りながらひょっと見たら、なんだかこう、花みてえに開いててんじゃねえか。珍しい腕持っててんじゃゃん。まああんなものは売ったたってせいぜい五文か十文だが、相手は大大名だ。どうだ、思い切って、一朱ぐらいのことを言ってみるか？」

「馬鹿なことを言うな。お前の家の勘定が二両三分三朱。それ一朱で売ってどうする」

「じゃいくらっていうんだ？」

「そうよなあ、他の大名であれば今少しほしい所であるが、うん、越中守様ならば、二百両貰っておこう」

「自分で言ってきな、自分で。んなことよう言わないよ、んな。んなことうっかり言ってみろ、たかだか竹で拵えた水仙を二百両とは、足元を見んのにも程がある。長いやつをいきなり引っこ抜いてスパッと首でも切られてみなよ。明日から表を歩くのに方向がつかなくなっちまうんだ」

「むやみやたらに刀は抜くものではない。せいぜい殴られるくらいだ」

「だから嫌なんだ。お前は……」

「いや、お前の前だが、この世に人と生まれて、何が苦しいと言って金儲けをするぐらい苦しいことはない。行って苦しんで来い」

「……あいつはいいんだよ、一人でガタガタ言ってりゃいいんだから。言うこっちの身にもなってもらい……大変長らく、お待たせをいたしまして」

「なんだ司会者みたいなやつが出てきたな」

「えー。二階のやつの申しますのには、他の大名であれば、今少しほしい所であるが」

「ん」

「越中ならば」

「なにい？」

「いや、あたしがそう言ったんじゃないんですよ、二階のやつがそう言ったんですから、うんと怒っておきました、そんなふんどしみてえな言い方すんなって」

「お前のほうが悪いんだ、お前のほうが。いくらだと申した？」

「ですからあの、二階のやつが申しますのには、ほ、他の大名であれば、今少しほしい所であるが」

「ん」

「越中守様であれば、うんびゃくようは、うわあ！」

「大丈夫かお前は？　はっきり喋れ、いくらだと申した？」

「ですからあの、他の大名であれば」

「そこはわかった、いくらだと申した？」

「ですから……、越中守様であれば……（指を二本出して）これだと申しておりましたが」

「他の大名であれば今少しほしい所であるが、越中守様であればこれじゃと申したか。ほう左様か。二十文か」

「話はまるで合わねえなどうも。二百両だと申しておりましたが」

「何、二百両？　たかだか竹で拵えた水仙を二百両とは、足元を見るのにも程がある、このたわけもの！」

「ほーら言わんこっちゃない。だから殴られるってそう言ったんだよ。殴ったって買ってくんならいいけど買わねえで真っ赤になって怒って帰っちゃったよ。どうすんだよ！」

「怒るな怒るな。……しばらく表で立っててみろ、今お前を殴った侍が青くなって戻ってきて、主、最前は手荒なことをして済まなかった。どうかあの竹の水仙拙者に譲ってもらいたいと、お前の前へ両手をついて頭を下げる」

「本当かよお、おい！　どうもお前の話は夢で屁踏んずけてるようであてんならねえけれども。じゃ立っててみるよ」

　こちらは、大槻刑部でございます。ものを知らない人ですから、竹細工を二百両と言われてかーかかっかかっかかっかしながら本陣へ戻って参りまして、

「殿、ただいま戻りましてございます」

「刑部か。待ちかねたぞ。いかがであった？」

「それが、あまりと申せば、高価でございまして」

「高いと申すか。いくらじゃと申した」

「は、先方が申しますのには、他の大名であれば今少しほしい所であるが」

「ん」

「越中守様であれば、（指を二本出して）これじゃと申しておりましたが」

「何、他の大名であれば今少しほしい所だが余であればこれじゃと申したか。ほう左様か。二万両か」

「話がまるで合わねえなこりゃどうも。二百両だと申しておりましたが」

「何、二百両？　刑部、そのほう、それが高いと申して求めて来なかったか。ものを知らんのにも程があるぞ。よいか？　あれを作りし者を誰じゃと思う、このたび左官を許された名人甚五郎の作りしものだ。よいか？　あの品は、京の大内山《おおうちやま》に一品、あの旅籠《はたご》に一品、この世に二つという品である。それを二百両が高いと申して、求めてこぬたわけがどこにある、すぐに戻って買い戻して参れ。もしもあの品が売れてしまったその時は、大槻刑部、そのほう役目不行き届きにつき家は断絶、身は切腹を申し付ける！」

「そんな馬鹿な！」

こちらは宿屋の親父でございます。んなことを言ったけれども、本当に戻ってくんのかしら、表でぼ――っ、木久扇みてえな顔して立ってますわな。慌てて本陣を飛び出しました大槻刑部、よほど慌てたと見えまして、下駄と草履を片っぽずつつっかけて、砂塵を蹴り立ててバーッ。

「来た来た来た来た来たー！　あの二階のやつは八卦《はっけ》も見んのかね。あの野郎、さっきは人のこと殴りやがってちきしょうめ、敵打つのはこの時だ」

とばかりに慌てて竹の水仙を店の中にしまい込みますと、売り切れましたと札出したんで、悪いやつだね。

「許せよ」

「なんだ？」

「威張るな。主、最前は手荒なことをして済まなかった、どうかあの竹の水仙拙者に二百両でゆずってもらいたい」

「あれねえ、あれ今三百両になったんすかな」

「わずかな間に百両値が上がったのか？」

「ええ、手前どもでは変動相場制をとっておりますんで。あなたさっきひとつ殴ったでしょう。ひとつ殴ると百両ずつ上がることになっている」

「三百五百はいと安いこと、どうかあの竹の水仙を、拙者に譲ってもらいたい」

「あなたに伺いますが、どういう訳で、そんな、高いお金を出してあれをお求めになるんでございます？」

「主、そのほうにはわからぬか？　ものを知らんのにも程がある。あれを作りしお方を誰だと思う。このたび左官を許された名人、甚五郎の作りしものだ」

「へ!?　あの一文無しが！　あの有名な甚五郎先生！」

「どうか拙者に譲ってもらいたい」

三百両払って大槻刑部、竹の水仙を抱えて意気揚々と本陣へ引き上げます。

後へ残った宿屋の親父が驚いた。

「おっかあ！」

「なんだよ」

「おめえな、あ、あの二階の人、あれはただの人じゃねえ！」

「ただだよ、あれは。一文も払わねえんだから、ただ」

「とんでもねえ話だ。あの人今有名な左甚五郎先生だ」

「あの人が？　目つきが上品だと思ったよ」

「よくそういうこと言えんね。謝っちまおう、一緒に来な。ごめんくださいまし、ごめんくださいまし」

「ほっほっほ、ご亭主かい。おかみさんも一緒かい、珍しいね。こっちへお入り」

「汚い部屋でございますが通さして頂きますんで。左甚五郎先生とは露知らず、数々のご無礼、どうぞ、お許しの程を」

「現れちゃったか。勘弁しとくれ。お前たちをからかうつもりじゃなかった」

「それから、あの、竹の水仙でございますが、三百両で売れましたので、どうぞお納めの程を」

「三百両？　あたしが言ったのは二百両だ。百両はそっちの儲けだ。そっちへとっときな」

「いえ、とんでもない！」

「いや、いいからとっときな。考えてみればあたしが卸屋《おろしや》、お前が小売屋。百両はお前の儲けだ、後はあたしが貰っておくから二百両……ちょいとお待ち。さ、ここに五十両ある。これを宿賃、そして今までかけた迷惑料としてとっといておくれ」

「とんでもございませんでして！」

「いいからとっときな。余ったらおかみさんに、着物の一枚も買ってやっとくれ。正宗でないやつをな。あえて憎まれ口をきかしてもらうが、宿屋稼業をしていればどんな客が泊まるかしれない。身なりで決して人の良し悪しを決めてはなりませんぞ」

「恐れ入ります。甚五郎先生にお願いがございます」

「ん、なんだな?」

「いかがでございましょう、神奈川中の竹を買い占めますので、あの竹の水仙をこてこて拵えて頂いて」

「馬鹿なことを言っちゃいけない。お前さんの前だが、あたしは二度と再びあれは作らぬつもりだ」

「へっ、どうしてでございます?」

「考えてご覧、竹に花を咲かせれば、寿命が縮む」

噺のはなし――竹の水仙

左甚五郎は江戸のはじめに活躍したとされる彫刻師です。落語や講談のネタにも登場し、『ねずみ』や『三井の大黒』にも出てきます。

おおもとは、柳家小さん師匠の『竹の水仙』を頂いています。いい噺だけど、少し地味だったんで、京山《きょうやま》幸《こう》枝《し》若《わか》さんの浪花節からいろいろ頂いて、あちこちにはめました。浪曲は三味線を伴奏にして、節や語り、啖呵《たんか》で物語を進めていきますが、あの独特の調子が面白いんです。

サゲは自分で拵《こしら》えました。もともとは「これから江戸に下って、三井の大黒を彫り上げます。甚五郎、竹の水仙でございます」というような切り口上だったんです。でも儲け話に調子づいた宿屋の亭主が調子づいて、「神奈川中の竹を買い占めますので、あの水仙を拵えてくれ」と言い出しますと、甚五郎は「もうわしは、二度と再びあれは拵えない」と答える。「どうしてです」「竹に花を咲かせる

と、寿命が縮む」、これがあたしのサゲです。

ただ、竹に花が咲くと枯れてしまう、ということが今はあまり通用しないかもしれません。高座でお客さんの様子を見て、三井の大黒で降りるようにすることもあるんですよ。

いつだったか、竹に花が咲いているのを実際に見たことがあります。たしか長崎だったと思いますが、車の窓からひょいと見たら花が咲いていた。それで、あの竹はそろそろ枯れるなと。見たのはそれ一度きりですが。

紺屋高尾

皆様、本日はお越しくださって、ありがとうございます。

ここ数年、腸閉塞《ちょうへいそく》で二度ほど入院いたしました。腸閉塞とはどういったものなんでしょうか、とお医者様にお尋ねしたところ、「腸が閉塞するんだ」って「それじゃわかりません」と言ったら、あれは胃下垂だから起こるようですね。

入院した時は、十日間ほど水とアメだけで過ごしました。退院してから一生懸命食べていくらか戻ってきましたが、また病気になって。四十代の時に一度五十キロになりましたが、私の今の体重なんて、みっともなくて言えません、三十六キロだなんて。

そういった訳で、今は歩くことが大変に苦痛です。歩くこと、できるんですよ。でも今歩いてここまで出てきますと四十分くらいかかってしまいます。

この高座も実は仕掛けがありまして、正座をしているように見えて、実はしておりません。かといって、天井から吊っているなんて訳でもありません。幸い、声は出るんです。まあ、これで声が出なかったらエジプトのミイラです。

そんな訳で、本日お越しのお客様には、まあひとつ、世間には内緒にして頂きますよう……。

人には、それぞれ思い出というものがおありになると思います。今日お見えのお客様には、お客様方なりの思い出、あたくしにはあたくしなりの思い出がございます。じゃあ歌丸お前の思い出はどういうのだと聞かれますと、十数年前までここまで毛があった、というのが思い出なんですね。あんまりいい思い出じゃございませんで。

今日お見えの、男性のお客様で、あたくしと同年輩以上の方が生涯頭から離れられないという思い出がひとつおありになると思います。どういうことかと言いますと、昭和三十三年三月三十一日という日でございます。日本全国から赤線の火がパッと消えました。さぞお力落としの方も多いんではないかと思いますが。何を隠しましょう、あたくしの家が真金町という所で、戦前から戦後にかけまして女郎屋《じょうろや》という商売をしていた家でございます。ですからあたくしは女郎屋の若様《わかさま》として、この世に誕生をいたしました。

店を女郎屋、勤めていた女の方を女郎《じょろう》と呼んでおりましたが、どっから出た言葉だろうと調べてみましたら、起源はたいそう古うございます。屋島壇《やしまだん》ノ浦《のうら》で源平の戦があって、平家が滅び、生き残った平家の上臈《じょうろう》たちが暮らしに困って春を売った、これが名前の始まりだそうでございます。しかし、平家の上臈ともあろう人たちがそこまで身を落としたということは、随分悔しい思いや悲しい思いをしたと思ったら、意外とヘイケだったたって、そういったもんですけれども。

吉原に参りますと、花魁《おいらん》という名前になりました。花魁。狐狸は人をだますのに尾を使う。ところがあそこの女性は口で騙す。尾はいらない。で、おいらんという。……あの、これもあんまり信用しないでくださいよ。

そんな訳で昔の戯《ざ》れ歌に、「女郎の誠と卵の四角　あれば晦日《みそか》に月が出る」なんという悪口が歌で歌われていたそうですが。中にはそうではない、本当の真心というものを持っていた女の方もいたようでございます。

江戸は神田の紺屋町《こうやちょう》、名前の通り、紺屋さんばかりがずーっと軒を並べている所。その中の一軒で親方の名前を吉兵衛《きちべえ》さんと言いまして、この人は大変に漢気《おとこぎ》のある人でございます。職人の一人で久蔵《きゅうぞう》という人、ここの所ぶらぶら病《やまい》でございまして。

「おい、おみつ。おみつ。どうでもいいけどここん所、久公《きゅうこう》の姿が見えねえようだがどうかしたのかい?」

「それがね、お前さん。具合が悪いと言って寝込んじまってるんだよ」

「久公がか? どこが悪いんだよ」

「それが聞いても言わないんだよ。ものも食べないで寝ているんだから」

「ものを食わねえ、飯を食わねえ? 人間、ものを食わなかったら体が滅入《めい》っちまう。よし、こういう時にはな、お玉ヶ池の蘭石《らんせき》先生に見舞いを頼もうじゃねえか、なあ。あの先生だったら家のことに慣れているから。今、つかいを出……ふっふ、出さねえで済んだ。噂をすれば影がさすってけど、噂をすれば医者がさしたよ、おい。先生向こうから来た。先生! 恐れ入りますけれどもね、ちょいと寄って、見舞ってやってくれませんか? いえ、うちの久公の具合が悪いってそう言ってんですがね」

「何? 久ちゃんの具合が悪い? うーん、いつ頃からだい?」

「二、三日前からだってそう言ってんすが」

「急患というやつだなあ。じゃあお見舞いをさせてもらおう。いやいや、あたしが一人で行こうじゃないか。病人の枕元にあまり大勢で行くと気になるもんだ。勝手知ったる他人の家だ。いつもの部屋だろ。任しておきな、あたしが一人で行くから。久ちゃんや、あたしだ、蘭石だ。開けるよ。どうしたお前具合が悪いと言うが、どこが具合が悪い？　久ちゃん？　久ちゃん！……久ちゃん！」

「……先生ですか」

「どうしたんだい？」

「先生、あっしはもうダメです。死にます」

「死ぬと言った人間に死んだためしはないんだ。脈を診よう、手を出してご覧」

「今脈は止まってるんです」

「ばかなこと言っちゃいかん。脈が止まってて生きていられる訳がない。手を出してご覧。うーん、ぴょんぴょん脈だな」

「なんです、先生？　そのぴょんぴょん脈っていうのは」

「脈がぴょーんぴょんと跳ねている。一名これをウサギ脈とも言うけれどもな。口を開けてご覧、あーんと。大きな口だな。がま口というやつだな。舌を出してご覧。いくらか熱気《ねつけ》を帯びているな。根付《ねつけ》ばかりで緒締《おじめ》なしだ」

「そんな煙草入れみたいなこと」

「久ちゃんや、怒っちゃいけない。あたしがお前の病気を当ててみようか。お前の病気は、お医者様でも草津の湯でも、惚れた病だ。それも並みや大抵の女を思っての患《わずら》いではない。今吉原で全盛の、高尾太夫《たかおだゆう》に恋煩いをして寝込んだと読んだが、どうだ久ちゃん、当たったろう？」

「先生！　なんすか？　脈と舌見ただけでそんなことがわかるんすか？」

「いや、これにはちょいとした種がある。今あたしが声をかけてこの部屋に入ってきて、一声二声、声をかけたがお前は気がつかないで、涎《よだれ》と水っ洟を垂らしながら、何か盛んに見入っていた。なんだろうと肩越しに覗いてみると、高尾の道中絵姿に見入っていた。肩を叩いたらお前、慌てて布団の下に隠したろ。まだ顔が半分出ているよ」

「露見しちゃいましたか。じゃ、悔しいけれどもみんな見せよう」

「んなもの見たってしょうがない。久ちゃんや、どうした訳なんだい？」

「じゃ、先生だから申し上げますけれども、他のもんに喋っちゃ嫌ですよ、きまりが悪いから。実は先生、あっしは今年二十六になる。竹塚《たけのづか》のほうにおじきがおりまして、子供がいないもんすから、あっしを養子に迎えてえ養子に迎えてえと、ちょいちょい手紙をくれる。考えてみると、あっしもこの店からもうすぐ年《ねん》が明けるんで、年が明けたらおじん所に行っちまおうかと思って仲間に話をした所、じゃ一晩吉原に付き合えって言われたんで、あっしは嫌だってそう言ったんです。ああいう所へ行って悪い病気に罹《かか》った日にゃあ、生涯取り返しがつかねえから嫌だって言ったら、吉原へ行くったって上がって遊ぶ訳じゃねえんだ、花魁道中を見に行くだけだと言われて、連れて行かれてはじめて花魁道中というのを見たんすが、その綺麗だのなんだのって、一際《ひときわ》目についたのがこの高尾太夫。あっしは世の中でこんないい女がいるかと思いましたね。天人《てんにん》が天下《あまくだ》ってきたんじゃねえかと思って。それから仲間にそう言ったんで、こっちも男と生まれたからには、ああいういい女と杯《さかずき》のひとつのやりとりもしてみてえと言ったら、『バカ野郎、相手は大名道具だ。お前みたいな紺屋の職人が足元へも寄れる訳がねえ』と言われて。仕方がねえから帰りがけに仲見世でこの高尾の道中絵姿買ってきて見ていたんすが、それからというものは、見るもの見るものみーんな高尾の顔に見えてくる。飯を食おうと思って茶碗を持つと、飯粒一粒一粒が高尾の顔に見える。高尾を食うような気がするからおまんまが食えねえんすよ。水がめを覗くと水がめの中へぽーんと高尾の顔が浮かんでくる。刷毛《はけ》を持ってすーっと糊《のり》を引くと、ここへぼうーっと高尾の顔が出てくる。見るもの見るものみんな高尾の顔に見えてくる……。こうやって喋ってるうちにも、先生の顔まで、だんだん高尾に見えてきた」

「およしよ、気持ちの悪い！　大名道具、誰がそんな馬鹿なことを言ったんだ。いやいや、表向きはそれには違いがないが、相手は売り物買い物だ。金さえもって行けば客にとるよ」

「ほう。で、先生どのくらいかかるもんなんす？」

「そうよなあ、まず今あれだけの売れっ子だ。初会《しょかい》で、うむ、十両はいるだろうな」

「……十両！　それいっぺんに払うんすか？」

「なんだいそのいっぺんに払うんですかってのは？」

「月賦じゃだめなんすか？」

「ばかなことを言っちゃ。どこの世界に女郎買いの月賦というのがある。久ちゃんや、お前さんはたいそう働き者だ。失礼だが、給金はどのくらいとっているんだい？　……指を三本出した。三両か？　豪儀なものだなあ。月にか？」

「年に」

「一年でか。久ちゃんや、どうだ、お前がそれほど高尾のことを思うんだったら、三年の間一生懸命働いて、九両《くりょう》の金を貯めないか。九両貯まった所であたしに言いな。一両足して十両にして、お前を高尾に会わしてやる。久ちゃんや、この辛抱ができるか？」

「先生、先生。そりゃ、嘘じゃねえでしょうね？」

「あたしも男だ。嘘と坊主頭はゆったことがない。辛抱できるか？」

「やります！　一生懸命働いて、九両の金貯めます！　先生に話聞いてもらったら急に体が軽くなって、ごそっと腹が減った」

「お、いい按配だ。おかゆでも食べてみるか？」

「天井とうな丼を」

「そんないっぺんに食べても。一生懸命おやりよ」

こういう病は気の病でございます。久蔵さん、蘭石先生に打ち明けた途端に、薄紙をはがすようと言いたいんですが、段ボールをはがすようにべろーっと良くなりました。さあそれからは一生懸命働き出して、一年で三両、二年で六両、三年で三三が九両。その年も暮れまして、あくる年の一月の下旬でございます。

「おみつ。久公がいたらこっちへ呼んでくれねえか」

「親方、何か御用でございますか?」

「まあ、まあ、そこへ座れ。実はな、今俺が帳尻を合わしていたんだが、お前の給金がここ三年俺預かりになって九両の金が貯まってる。大したもんだなあ。しかし昔から九両三分三朱は端金《はしたがね》。金も十両とまとまらなければ大金ということが言えねえ。さあそこで、俺が一両足して十両にしといてやった」

「親方！　ありがとうございます！」

「さ、そこでお前に相談がある。どうだ？　もう三年辛抱をしてこの金を二十両にしねえか？　二十両になった所で、俺はお前に店を一軒持たしてやるが。どうだ？」

「親方、店なんかどうでもようがす」

「なんだと、どうでもようがすってのは」

「すいませんけど、それ、あっしにくだはい」

「そりゃまあお前の金だから渡さねえことはねえが。何に使うんだ？」

「……買いたいものがある」

「買いてえもの？　十両でか？　豪儀な買い物だなあ。何を買うんだ？」

「……何を買うって言われても。こればかりは親方にも言えねえ」

「親方に言えねえのかい。言えねえんだったら、お前が働いて貯めた金かもしれねえが、預かっているうえは俺の責任だ。何を買うんだかはっきり言えねえんだったら、俺はこの金をお前には渡さねえ」

「親方、そんな！」

「大きな声を出すなよ。何を買うんだか言ってみなよ。言えねえんだったら渡さねえから」

「親方、おまはんなんだね？　金が十両とまとまったから、あっしに渡すのが惜しくなったんだね？　ふん、そんな金ならいらねえや。そんな未練の積もった銭ならいらねえや。親方にくれてやらあ」

「こりゃまた気前のいい話だなあ。俺にくれるか？　そうか、じゃあありがたく貰って」

「いやいやいやいやいや。そう言ったからってすぐにしまうことはねえ」

「変な謎かけんな。何を買うんだか言ってみなよ」

「言えることと言えねえことがあるんだ。親方、すいませんけどあっしに暇をくだはい」

「出て行くというのか？　ああ、出て行け出て行け。お前がここを出てって新しい親方についたらその親方に聞いてみろ、こういう訳で前の親方が渡してくれませんでした。お前が悪いか俺が悪いか、新しい親方が俺が悪いと言ったんなら、この金を何倍にもしてお前に渡してやろう。新しい親方に聞いてみろ」

「別に、新しい親方につこうっていうんじゃねえんです。生きてたってつまんねえから、遠くのほうへ行っちまおうかと思って」

「遠くへ行く？　どっちのほうへ行くんだい」

「西のほうへ行こうかと思って」

「いつ頃帰ってくるんだい？」

「盆の十三日には帰ってくらあ」

「この野郎、てめえはなんだな？　俺がこの金渡さなかったら死ぬ気でいるんだな？　そらあおもしれえや。死んでこい死んでこい。大川に蓋《ふた》はねえや。行って勢いよくどーんと飛び込んでみろよ」

「大川まで行くのは面倒くせえな。裏の井戸で」

「おいちょっと待て！　おい！　あんなとこへ飛び込まれたら後の水が使えなくなっちまう。おい久公、死ぬ程の覚悟をしているんだったら何を買うんだか言えそうなもんじゃねえか。言ってみなよ」

「親方怒るから」

「怒らねえから言ってみなよ」

「ほんとに怒りませんか」

「お前もくどいな、男のくせに。怒らないから言ってみな。何を買うんだい？」

「た、たはをはおうと……」

「何？」

「たかおうかとおもってんだ」

「鷹を飼う？　馬鹿だなこの野郎は。鷹なんぞ飼った日にゃあ毎日毎日生きた鼠食わさなきゃいけねえ。職人のお前が鷹なんぞ飼わねえで、メジロか鶯《うぐいす》にしておけ」

「飛ぶ鳥鳴く鳥を飼おうってんじゃねえんすよ。吉原の、高尾太夫を買おうってんで」

「なんだこの野郎？　てめえは何か？　高尾を買うために三年の間芋の尻尾《しっぽ》をかじりながらしくしくしくしく金を貯めたのか？　何を買うんだって聞いてもはっきり言いやがんねえで、三年の苦労を一夜の栄華でぱっと使おうってこと。なんだってそういうことはっきりと言わねえんだよ！　……俺はそういうことが大好《でえす》きだ！」

「じゃあ親方一緒に行こう！」

「誰が一緒に行くやつがあるんだ、気持ち悪い。けどな、お前の前だがああいう所は、一人で行ったってなかなか客にはしねえぞ。うん？　蘭石先生に頼んである？　お前は良い人に頼んだ、あの人は医者は下手だが女郎買いは名人だ。そのままじゃ具合が悪いから湯へ行って来い」

これから湯へ行きまして、男のくせに糠袋《ぬかぶくろ》を五つくらい使って、真っ赤になって戻って参りまして、

「行ってきました」

「おう、早かったな。そこにな、おみつにそう言って、結城《ゆうき》の着物と、それから帯と、向こうに八幡黒《やわたぐろ》の鼻緒がすがった雪駄《せった》が出してある。これみんなお前にやるから。これに着替えてけ」

「親方、この結城の着物、あっしにくれるんすか。帰ってきたら返せって言うんじゃないんでしょうね。結城はよいよい帰りはこわい」

「んなこと言わねえから、着替えてみろ着替えてみろ、そうだそうだ、帯をぐっと締めて。ほっほ、なかなか似合うじゃねえか。え、それからな、十両

を紙入れに入れといた。これを懐へ入れて、いいか？　落とすなよ。向こうへ行ったら蘭石先生によろしく言ってくれ。おみつにも一声声をかけていきな」

「おかみさーん！　元気で行ってきます！」

「ばかだねお前は。女郎買いに行くのに元気で行ってきますってやつがあるかい。先生によろしく言っておくれよ」


「ありがてえありがてえ。うちの親方は良い親方だな。着物も帯も雪駄もくれた。懐には十両の金が入ってんだ。三井か鴻池《こうのいけ》になったような心持ちだ。先生覚えててくれるといいんだが。あっここだ。ちわー！　先生いますか！」

「いよおー！　来たか久ちゃん、待ってたほい。ほらこっちへお入り、こっちへお入り。どうした？　九両の金が貯まったか？　ん、親方が一両足して十両に？　着物も帯も雪駄もくれた？　久ちゃんや、お前のとこの親方は良い親方だ。恩を忘れちゃあいけないよ、いいかい。それからね、ものは相談だが、いろいろ考えて、どうも紺屋の職人では向こうも客にしにくいだろうから、京橋辺りの大尽《だいじん》になってもらうから」

「ほー、京橋の大蛇になる」

「いや大蛇じゃあない。金持ちだ。したがってあたしはお前の所に出入りをしているお太鼓医者。だからお前もあたしのことを先生なぞと呼んじゃいけませんよ。いいかい？　重々しく、『竹之内蘭石』とこう言え。あたしがね、『へへ。ええ、旦那様《だあさま》、何か御用でございますか』と下手《したて》に出るから。お前が大尽らしく付き袂《つたもと》というのをしてこういう形になって、あたしが何を言おうが何を聞こうが、ただ鷹揚《おうよう》に『あいよ、あいよ』と頷いてればいいんだからわかったたか？　いっぺんやってご覧」

「んなことやるんすか？　普段世話になってる先生を呼びつけに？　やれってんだからやりますけども。付き袂、こうやりまして。たけ、タケノコ」

「久ちゃんお前さんひどい人だね。いくらあたしが藪《やぶ》だからって藪にもならないタケノコってのは。タケノコじゃない、竹之内蘭石だ」

「たけのうち、らんせき、あいよ、あいよ」

「なんだ、だらしがないなどうも。もっと下っ腹に力を入れて、まあ道々腹の中でもって稽古をして行きな。おたけ、済まないがね、ぬるま湯と鶯の糞を持ってきておくれ。さ、久ちゃん、これでちょいと手をお洗い」

「何、湯へ行って」

「湯へ行って体は綺麗になったかはしれないが、爪の間に藍が染みこんでいる。一目見ただけで紺屋の職人ということがわかってしまう。洗ってご覧。どうした?」

「先生、豪儀なもん。綺麗になりました」

「そろそろ出かけようか。おたけや、留守を頼んだよ。それから久ちゃんや、前もってお前に言っておくが、ああいう売れっ子の花魁だ。今日行ってすぐ会うという訳にはいかないかもしれない。ことによると次に会う約束だけして戻ってくるようなことになっても、決して力を落としちゃいけないよ。あたしが必ず連れてって会わしてやるから、わかったね。ちょいとお待ち、ここはね、あたしの行きつけのお茶屋だ」

これから蘭石先生が馴染みのお茶屋に入りまして、高尾の所に送ってもらいたいと言いますと、もちろん売れっ子でございましたので、お客はあったのですが、急用ができてお帰りになって、今花魁の体が空いた所でございます。上々の首尾でございます。

さ、店へ案内《あない》をされて二階の広間。引きつけへ通されました久蔵さん。その華やかなことにただぼーっとして、何を言われようが何を聞かれようが、ただ「あいよ、あいよ」と頷くばかり。だいいち親方から貰った雪駄なんぞは、なくなっちゃあいけないってんで懐入れてる始末でございます。蘭石先生化けの皮がはがれてはいけないと、すぐに久ちゃんを花魁の部屋に送り込んで、自分はお茶屋に引き上げます。

さ、花魁の部屋に通されました久蔵さん。再びそのきらびやかなことに目を見張りました。床の間には遊芸《ゆうげい》のたぐいがちゃんと並んでおります。琴・三味線・月琴・木琴・借金。借金なんてあったっけかな。その他将棋盤・碁盤・麻雀卓。ありとあらゆるものが揃っている。番頭新造《ばんとうしんぞ》というものが入って参りまして、「お大尽、どうぞあれに」。上座《かみざ》の座布団の上に座らせられました久蔵さん、ただもうお尻がもじもじもじもじして、落ち着きがございませんでして。

しばらくいたしますと廊下で、ぱたん……ぱたん……と上草履の足音。金の襖が静かに開きますと、すらりと立ったる艶姿《あですがた》。緑艶《みどりつや》なす黒髪を、自慢で結った立兵庫《たてひょうご》。婀娜《あだ》なまなざし、月の眉。紅を含んだ口元に、えくぼ千慮《せんりょ》の糸切り歯。番頭禿《かむろ》に取り巻かれ、歩く姿は牡丹か桃か。恵みの露に潤《うるお》いし、蕾《つぼみ》やぶった百合の花。これだけ言えば高尾がどれくらい綺麗だったかおわかりかと存じます。この文句考えるのに半年かかりました。くたびれたのなんのって。

入って参りました高尾が、久蔵さんの前にぴたっと花魁座り。この花魁座りというのはどういう座り方かと思いましたら、お客に対して正面を向いて座りませんで、いくらかこう斜《はす》っかいに座ったんだそうで。これはどういう訳だと思いましたら、鼻を高く見せる陰謀だったそうです。今は男性でも女性でも、我々日本人の鼻は高くなりましたが、昔は平均して日本人の鼻ってのは低かったそうですね。煙草を吸うってえと煙が前へ出ないで上へ登ってくって人が多くって。こういうのを煙突鼻と言ったんだそうです。低い鼻だって、横から見ればいくらかこんもりと盛り上がって見えます。横から見てのっぺらぼうじゃこりゃあどうにも都合がありませんでしてね。銀の延《の》べの煙管《キセル》をとりますと、ふう。ふわりと国分《こくぶ》の上等の煙草を詰めて、花魁自らの吸いつけ煙草。

「ぬし、一服のみなまし」

普段は馬糞煙草しか吸ったことのない久蔵さんですが、特にこの花魁の吸いつけ煙草ですから、この銀煙管をまるで大神宮様の御札を頂くように押し頂いて、火の玉が躍る程これをのむ。煙管を花魁に返す。松の位の太夫と言ってもそこは客商売。一応の挨拶というものはいたしまして。

「ぬし、今日はよう来なました。裏はいつでありんす?」

今聞くと妙な言葉づかいでございますね。吉原言葉、花魁言葉、拵えたものだそうでございます。どうしてこういう言葉づかいをしたかと思いましたらば、昔は親のため兄弟のため地方から出てきてああいう苦界《くがい》へ身を沈めた女の方が多かった。失礼でございますが、地方から出て参りますとどうしてもお言葉にお国訛《なま》りがございます。ああいう世界でお国訛りが出てはいけないと言うので、拵えた花魁言葉。

今の言葉を訳しますと、あなたは今晩はよく来てくれました。「裏」、つまり「次」はいつおいでになるんです？　と聞かれて久蔵さん、紺屋の職人ですから明後日来るかなんか言っときゃいいんですが、そんな気の効いた台詞の言える人間じゃあございませんでして。

「……三年経ったら必ず参りますんで」

「みとせ？　気の長い話ではありんせんか？」

「気の長え話だと言われても、三年経たなきゃ来られねえ訳があるんだ。花魁、あっしの言うこと一通り聞いてやっておくんなはい。京橋辺りの大尽とは真っ赤な偽り。あっしは神田紺屋町、吉兵衛の所の職人で、久蔵というのでござんす。三年前に仲之町でお前の道中姿を見て、あっしは煩《わずら》っちまいました。お玉ヶ池の先生に話をした所、三年の間一生懸命働いて金を貯めろ。花魁の前で決まりが悪いが、あっしの給金が年に三両なんだ。一生懸命働いて、九両貯まった所で親方が一両足して、蘭石先生がここへ連れてきてくれました。花魁の前だが、この着物も、帯も、この雪駄も、みんな親方がくれたものでござんす。こういう訳があるんで、今度はいつ来るんだと言われても、三年経たなきゃ来られねえんだ。また三年一生懸命働いて来た時に、花魁がここにいりゃあよし。金持ちに身請けされていなくなったら、今日会ったのが最初で終《しま》いかと思うと、あっしは情けなくなってくる。けど花魁、よくもあっしのような者を客にとってくれました。このご恩は生涯忘れません。花魁、ありがとごぜえます」

これをじっと聞いておりました高尾の目からぽろぽろっと涙がこぼれました。源平藤橘《げんぺいとうきつ》、四姓《しせい》の人に、枕を交わす賤《いや》しい身を、よくも三年の間思ってくれた。こういう人と一緒になれば、よもや患っても決して見捨てるようなな薄情なことはしないだろう。何を思いましたか、高尾太夫がいきなり久蔵さんの手をとると、

「ぬし、それは真《まこと》でありんすか?」

「真でありんす。真でありんす」

「わちきは来年二月の十五日、この里から年季《ねん》が明きんす。年季が明けた暁には、ぬしのおそばに行きんすゆえ、どうぞわちきをぬしのおかみさんにしてくんなまし」

「花魁！　おらそんなこと言うと、馬鹿だから本気にするぜ！」

「なんで嘘なぞ言いましょう。嘘でない証拠には、今晩あなたがお使いになった十両の金は、わちきに立て引かして頂きとうございます。ここに十両ございますから、持って帰ってスロットマシンでもおやんなさい」

後日会う時の約束にと、起請《きしょう》がわりに香箱《こうばこ》の蓋を貰いました。

さあその晩はご亭主以上の扱いを受けて、烏かあーで夜が明けます。夜が明けるのが随分早いんですけれども。あの正直なこと言いますと、あたくしは今まで喋った時間よりも、夜が明けるまでをみっちりと喋りたいんですが、実は、この辺りは警察がたいそう喧《やかま》しくて。どうして警察ってのはああ野暮なんですかね。世の中に警察と税務署ぐらい野暮な所はありゃしない。まあお客様方に迷惑がかかってはいけないんで、後は皆様方のご想像にお任せします。烏かあーで夜が明ける。門口まで送って参りました高尾太夫が、「久蔵さん、わちきという女房ができたうえは、二度と再びこの里に足は踏み入れてくださいますな。後日会う日を楽しみに、どうかお体大切に」と、軽く背中を癒《いや》されて、送り出された久蔵さん。まあ魂は空中高く舞い上がって、足なぞ地べたについてない。ふーわふーわふわふわ、市川猿之助の宙乗りみたいな。店へ戻ってきましたが、まだ朝が早うございますから、大戸が下りておりまして。ドンドン！

「起きとくれー！　金どーん！　三どーん！　久どーん！　あっ久どんは俺だ」

「馬鹿だなあいつは。てめえでてめえの名前呼んでやがる。帰ってきたんだ、あいつが。開けてやれ開けてやれ。恐ろしい、飛び込んできやがった。どうした？」

「親方、行ってきました」

「どうだった？　花魁は？」

「出ました」

「お化けだよ、それじゃ。ふられたか」

「ん？　いい按配にお天気で」

「誰が天気の話を。もてなかっただろってそう言ってんだよ」

「……もてなかった？　だーから素人は嫌だってんだ。初めて会うのを初会と言う」

「んなこと言われなくてもわかってらあ」

「高尾太夫が来年二月の十五日、年季が明けたらあっしの所へ来るって」

「馬鹿野郎！　男はみんなそうやって口で殺されるんだ。乞食の虱《しらみ》とおんなじだ。口で殺されて、身上《しんしょう》を巻き上げられる。まあお前には巻き上げる身上がねえからいいけれども。んなくだらないことは忘れて、一生懸命働け！」

「はい」

さあそれからというものは何をするんでも何をやるんでも、来年二月の十五日、来年二月の十五日。謳《うた》い文句でやるもんですから、しまいには久公だの久蔵なんて名前を呼ぶものは一人もいなくなっちゃった。「どうした？ あの二月の十五日は」「今はすみやかに水がめ覗いてます」とえらい騒ぎ。

その年も暮れましてあくる年の二月の半ば。真新しい四ツ目籠が吉兵衛親方の店の前にぴたっととまる。中から出て参りましたのが、すっかりと堅気《かたぎ》支度になりました高尾太夫。

「久蔵さんに会わして頂きとうございます」

取次に出た小僧の定吉《さだきち》が驚いた。

「親方！」

「どうした？」

「来ました！」

「何が？」

「二月の十五日！」

「なんだ？　気の早い嵐か？」

「高尾太夫が来ました」

「高尾が来たあ？　そんな馬鹿なことがある訳ねえ。……あら本当だよ、おい！　じゃあ野郎の言ってたことは嘘じゃなかった。綺麗だねえ、まばゆいばかりだね。花魁、どうぞこちらへ」

奥へ通されました高尾太夫。親方の前に手をついて、

「吉原《なか》から参りました高尾でございます、どうぞ久蔵さんに添わして頂きとうございます。何もございませんが手土産代わり、どうぞこれを久蔵さんに差し上げて」

と、花魁のほうから持参金。開けてみますと銀行預金で六億円、宝くじに当たったのかとえらい騒ぎ。資料を調べてみますと、代々の高尾という者は、

みな悲惨な末路を遂げているそうですが、中でも一番悲惨な最期を遂げた高尾の末裔が山田隆夫という。これはもう今でも座布団だけの人だから。この紺屋の職人久蔵さんに嫁いだ高尾は、八十余歳の天寿をまっとうしたそうでございます。

傾城《けいせい》に真《まこと》なしとは誰《た》が言うた。紺屋高尾でございます。

噺のはなし――紺屋高尾

「笑点」のおかげで顔が知られるようになったけれど、大喜利の歌丸ではなく、落語家歌丸としてきちんと落語をやりたい。そういう気持ちが強くなって始めたのが、地元横浜の三吉演芸場の独演会。その初回の演目のひとつが『紺屋高尾』でした。

『紺屋高尾』は自分がどうしてもやってみたくて、五代目圓楽さんにもらったネタ、いわば三遊亭圓楽直伝です。もとは浪曲で、映画にも何度かなっている。真面目一筋に生きてきた職人・久蔵さんが、吉原の花魁・高尾に恋をして、さあそれから一生懸命働いてお金を貯め、会いに行くという噺です。

似たような噺に『幾代餅《いくよもち》』というのがありますが、あたしは断然こちらが好き。なんといっても噺の筋がきれいです。

花魁高尾が登場するところは、半年かかって考えました。

「すらりと立ったる艶姿」から始まって「蕾やぶった百合の花」まで、いかに高尾が美しかったか、おわかりになるでしょう。

遊郭を舞台にした廓噺にはいろんな筋立てがあって、騙す者も騙される者もありますが、花魁高尾は人情に厚い。久蔵さんの一途な思いに、心を決めます。「芸は人なり」と言いますが、芸の中に、演じ手その人が出るものです。人情味があれば人情味のある芸ができるし、薄情な人間には薄情な芸しかできません。同じ噺でも、そこで大きな差が出るんじゃないかと私は思っています。今はあまり言いませんが、昔は「丸顔は滑稽噺、面長は人情噺に向いてる」なんてことも言いました。

代々伝えられてきた『紺屋高尾』、あたくしもまだまだ磨いていきたいと思っています。ひとつ噺を教わったら、その人の高座よりも受けるようにならなきゃいけない。受けて初めて、教えてくれた師匠への恩返しになるんです。

あとがき

最後までお付き合いくださって、ありがとうございます。

寄席にしょっちゅういらしてくださるお客様も、なかなか足を運べないというお客様も、この本をきっかけに、落語をもっと好きになってくださればと思います。

本来の落語は読むもの、聞くものではなく、見るものです。噺家はその日の高座に全身全霊で挑みます。

噺は、噺家にとってかけがえのない財産です。先代、落語の神様たちがあちこちで笑いをとってきた演目を、あたしたちの代で途絶えさせたり、減らすなんてとんでもないこと。もちろん、一番の神様はお客さんたち。腹いっぱい笑ってもらえるよう、言葉を工夫したり、エピソードを変えたり、ネタを磨き続けることが大切です。

ネタ帳を見ながら、あたくしは思います。まだ工夫が足りない。こんな風にしたらお客さんが笑ってくれるんじゃないかしら。こうしたらもっとこの噺は面白くなるんじゃないかしら。若手にも、そんな気持ちで芸を受け継いでもらいたいですね。

楽屋に新入りの噺家が挨拶しに来る時、私はいつも「やめるなら今のうちだよ」って言います。それは「やめるなよ、せっかく入ったんだから這いつくばっても生涯続けな」ってことです。でも最近は、若手に遠慮されてるのか、以前のようには声がかからなくなりました。あたしの体調を気にしてるんですかね。酸素ボンベさえあれば、どこだって行くんですがね。

皆様にはご心配をおかけしておりますが、あたくしの体調はどうやら気圧が影響しているようで、低気圧になると具合が悪くなる。だから明日雨が降るか、明後日はどうか、最近では天気予報を見なくても、体に聞けば予想できるようになりました。

飛行機に乗っても同じです。高度が上がると気圧が下がる。こないだ北海道に行った時、息苦しくなって酸素マスクを貸してほしいと言ったんですが、乗客全員分のが一斉に下りてきちゃうからダメですって断られちゃいました。最近は前もって手続きすればボンベを機内に持ち込めるそうですね。次に地方に行く時は、そうしなくちゃいけません。

落語を通して、あたくしは人生を磨かれました。師匠や仲間にはいくらお礼を言っても足りません。落語の神様たちに見守られて、今日も高座に上がります。

二〇一七年十月

桂歌丸

桂歌丸（かつら・うたまる）

一九三六年、横浜市生まれ。本名・椎名巌。五一年、五代目古今亭今輔に入門。のち四代目桂米丸門下に移り、六八年に真打昇進。「笑点」（日本テレビ系）にはスタート時から出演、番組五十周年を機に卒業し、現在は終身名誉司会者。二〇〇五年、芸術選奨文部科学大臣賞。〇七年、旭日小綬章。一六年、文部科学大臣表彰。落語芸術協会会長。横浜にぎわい座館長。出囃子は「大漁節」。

utamaru
banashi

歌丸ばなし

二〇一七年十一月二十二日　第一刷発行
二〇一八年　七　月　十八　日　第八刷

著者　桂　歌丸
発行者　長谷川　均
編集　浅井四葉
発行所　株式会社ポプラ社
〒一六〇-八五六五　東京都新宿区大京町二二-一
電話〇三-三三五七-二二一二(営業)
〇三-三三五七-二三〇五(編集)
印刷・製本　中央精版印刷株式会社

Printed in Japan N.D.C.913/246P/19cm ISBN978-4-591-15633-9